요정+요괴, 찐따

안은미,
사랑의
둔갑술

요정+요괴, 찐따

안은미,
사랑의
둔갑술

배수연 짓고
백현진 그리다

서문
더 이상 귀신을 무서워하지 않게 되었다

**

당신은 귀신을 왜 무서워하는가? 귀신들은 어디엔가 고여 있기 때문에 무섭다. 북유럽의 온갖 요정들, 일본의 온갖 요괴들, 한반도의 도깨비들과 전설의 고향에 나오는 귀신들이 여행을 한다는 이야기를 들은 적이 있는가? 그들이 흐르고 교류하고 변전하며 새로워진다는 이야기를 들은 적이 있는가? 그들은 가마솥 위의 솥뚜껑처럼 그 장소에 그대로 있다. 그들은 특정 이야기, 특정 습관, 특정 알러지, 특정 재난과 영광에 사로잡혀 있다. 깔깔대거나 퉁탕거리고 흐느끼며……

**

이 책의 글들은 방 안에 개미 한 마리만 있어도 쑥스러워 춤을 추지 못하는 사람이 춤을 흠모하고 발견하며 쓴 글이다. 세상의 많은 춤이 멋지지만 그중에서도 내가 가장 사랑하는 춤은 현대무용이다. 현대무용이 무엇인지, 발레나 스트리트 댄스와 무엇이 다른지 묻는다면 글쎄, 똘똘하게 말하지는 못하겠다. 다만 당신이 춤 공연을 보는데 1. 이따금 무척 지루한 장면이 있다거나(관객에게 오락을 제공하는 데 감히 별 관심이 없다), 2. 무용수들의 몸이 관객석을 정면으로 향하지 않는 경우가 많거나(공간의 중심이 여러 개이거나 이동한다면 편집증과 주의력 결핍이 동시에 의심된다), 3. 무용수들의 신체가 가지각색(도레미파솔라시)이라면 그것은 필히 현대무용이다.

**

고여 있으므로 고약해진 귀신, 음산하고 심술궂고 눅눅한 복수심을 품고 살며, 한없이 허름한 마음으로 흘린 눈물이 자기 발목까지 녹여버릴 듯한 귀신은 우리 주위에 많다(당신이 지금 떠올린 바로 그 사람, 혹은 당신). 나는 잠을 청할 때 눈을 감고 죽음 연습을 한다. 자, 이제 죽는 거야, 라고 생각하면 묵은 양말에서 고린내가 다 빠져나가고 느슨한 짜임 곳곳이 산뜻해지는 기분이 든다. 내가 그런 헌 양말이 된 기분이란…… 참으로 감미롭다. 가끔은 양말 대신 정원사나 농부가 쓰다 버린 목장갑이라는 생각도 한다. 헐거운 구멍 사이로 흙과 바람과 이끼와 뿌리와 송충이와 송진이 슬며시 드나든다. 언젠가 집에서 잠깐(삼 초) 기절한 적이 있는데, 그때 아이들이 왜 기절놀이를 하는지 조금은 알게 되었다(절대 하면 안 됩니다). 그 삼 초 중 처음 일 초 동안 실거미가 봄바람에 사뿐히 날아가는 속도로 자아와 세계가 완전히 증발하는 체험을 했다. 그것은 삶으로부터 해방되는 순간이 아니라 해방이 성립하지 않는 순간, 해방이 필요하지 않은 순간의 체험이었다(그리고 이 초 동안의 영원한 안식). 거기엔 귀신도 없고, 귀신을 무서워할 나, 그리고 귀신인 내가 없었다.

**

발레에는 왕자와 깃털(《백조의 호수》), 팡파레와 무덤과 시골 소녀(《지젤》), 크리스마스와 생쥐(《호두까기 인형》)가 있다. 현대무용에도 그런 것들이 있다.

**

K팝 댄스는 대단하다. 심장을 마구 뛰게 하고 아드레날린이 솟구치게 한다. 한국식 속도와 긴장, 절박함이 있다. 어제 모임 장소였던 치킨집의 커다란 스크린에는 여러 아이돌 그룹의 뮤직비디오가 연속 재생되고 있었다. 부드러운 노란 고무줄을 양옆으로 늘일 수 있을 때까지 당기면 매우 가늘어지고 연해지고 팽팽해진다. 우리는 화면 속에서 그런 몸들을 보고 또 보았다. 대부분의 치킨 프랜차이즈 업체는 중량 기준 10호 닭을 사용하는데, 10호는 생후 삼십이 일이 된 닭이다. 육계가 아닌 알을 낳는 닭들은 한 칸당 A4 용지만

한 축사에서 이 년간 알을 낳다 폐기된다. 어느 날 아이돌처럼 입고 스타벅스 테이블에 뺨을 붙이고 잠이 든 학생을 보았는데, 그러니까 닭의 공간은 그의 옆얼굴이 닿은 정도 크기인 것이다.

**

어떤 무용을 보고 나면 호외요 호외! 하고 전단을 마구 뿌리며 달리고 싶어진다. 어느 날 나는 애인과 안은미컴퍼니의 공연을 보았고 그와 이렇게 외치며 장충동 공원을 뛰어 내려왔다.

호외요 호외!
당신이 사람이거나 귀신이라면 꼭 봐야 할 공연!

**

나는 현대무용가 안은미와 그의 작품을 좋아하는 마음에서 이 책을 쓰기 시작했다. 당신이 안은미를 전혀 몰라도 괜찮다. (팬으로서 말하되) 당신이 안은미와 같은 시대를 살고 있다는 것만으로도 충분하다. 아직 당신은 그의 신작을 볼 수 있는 기회가 있다.

좋은 예술작품은 그것을 만나기 전의 자신으로는 도저히 돌아갈 수 없는 강렬한 전복顚覆의 충동을 남긴다. 내게 그는 노는 법과 우는 법부터 먹고사는 법까지 모두 다시 시작하도록 기쁨과 용기(비눗방울 놀이 세트와 쌍절곤)를 주는 예술가이다. 그는 감각의 풍요로움과 예술적 폭발력, 역사적 비전을 그만의 방식으로 통합하여 추는 이와 보는 이(산 자와 죽은 자) 모두를 뒤흔든다.

안은미에게 요정 옷을 입혀보아라(물론 그에게는 이미 그런 옷이 많다).

그는 요괴 춤을 출 것이다.

안은미에게 요괴 분장을 시켜보아라(물론 그는 몇 가지 표정만으로도……).

그는 천사의 걸음걸이를 보여줄 것이다.

**

그날 안은미컴퍼니의 공연장에는 귀신이 많이 와 있었다. 20세기 초 격동의 시기를 살다 간 백 명의 모던걸들의 이름이 무대 위로 올려졌고 그들의 삶이 춤이 되었기 때문이다. 그들은 오래도록 특정 과거에 갇혀 빠져나오지 못했다. 그곳에서 현재로 새롭게 흐를 수 있다면, 그들은 더 이상 귀신이 아니지 않을까? 그것이 흠뻑 춤추는 이유다. 무엇을 위해 이 세상에 춤과 음악과 제사와 무당과 위령과 장송이 있는가? 그것들은 우리 안팎의 음습한 과거와 괴괴한 기질을 흐를 수 있게 해준다. 혼자만의 장소에 둘러친 빽빽한 울타리를 느슨하게 풀고, 장미를 심고 문고리를 열어 세상과 연결될

수 있게 해준다. 귀신은 감나무에 매달린 감을 누가 다 따먹든 말
든 내버려두고 동무와 긴 산책을 떠날 것이다.

**

귀신에 대한 궁금증은 오래된 것이다. 어릴 적에 나는 귀신에
게 쫓기는 꿈을 자주 꾸었고, 잠들기 전에 성호를 긋고 하느님께 오
늘은 꼭 '까만꿈(아무것도 안 나오는 꿈)'을 꾸게 해달라고 기도했다.
그러다 어느 날 나를 쫓아오는 귀신에게 써먹을 수 있는 방법 하나
를 알게 되었는데, 꽤 효과적이었다(부디 비웃지 말기를……). 꿈속에
서 도망가기를 뚝 멈추고 휙 돌아선 다음 두 손을 내밀고 귀신에게
쎄쎄쎄를 청하면, 돌연 그들은 무서운 얼굴을 풀고 나와 기꺼이 쎄
쎄쎄를 했던 것이다. 나는 귀신이 왜 내 제안을 수락하는지, 그 순
간 왜 꿈의 장르가 명랑만화로 변하는지, 오래도록 알지 못했다.

**

귀신과 함께 사는 방법: 귀신은 세상과 단절되었으며 연결감
에 대한 기억상실을 겪고 있다. 그것이 귀신의 고통과 망상의 근원
이다. 넋두리에 갇힌 그들의 마음을 흐르게 하자. 귀신과 쎄쎄쎄를
하자. 당신이 현재 귀신이라면, 당신만의 쎄쎄쎄를 발명하자. (덧: 미
국의 어느 초등학교 선생님은 아침마다 교실 문 앞에 서서 등교하는 아이
들과 아홉 가지 쎄쎄쎄를 한다. 아이들은 문 옆에 붙은 아홉 가지 쎄쎄쎄

그림 중 그날 하고 싶은 쎄쎄쎄를 손바닥으로 탁 친다.)

**

왜 현대무용을 보러 다니느냐고 물으면 역시 근사한 답은 못 하겠다. 손가락 하나를 입에 대고 골똘히 글쎄쎄…… 쎄쎄쎄……를 보는 기분이 들어서?

**

나는 부활했고, 시를 쓰고, 무용을 보러 다닌다. 언젠가 훌라춤을 배우고 훌라춤 동호회를 만들 것이다. 그때도 밤이면 죽음 연습을 할 것이다. 나는 아흔 살이 된 내가 사람들과 훌라춤을 추는 모습을 상상한다. 거기에 당신도 있으면 함께 흐뭇해하겠지.

차례

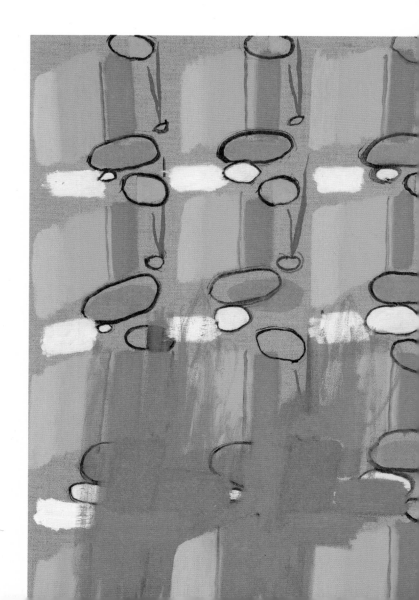

1부

찐따

찐따

내 영혼은 튀밥이야
뜨거운 어느 날 팝 터져버리며
네가 푼 저고리 옷섶으로 쏟아졌어

찐따는 사랑이야
인도네시아 말로—
러브는 방울 소리
삼십년째 넋이 나간 숙모 말에 의하면—
그의 귀에 하염없던
방울 소리는 방울 소리는

포도색 입술로 불어내던 비눗방울
방울을 타고 높이높이 올라간 엄지공주, 아니

바리공주 이야기를 듣곤 해
그녀가 손톱을 깎으며
헤헤 웃는다는 말을
잘려나간 손톱들이 떨어지며
낫처럼 사파이어처럼 빛난다는 말을

내 찐따,
너를 정말로 찐따 찐따 해
마주 본 저고리에서 튀밥을 집어먹으며
서로 눈썹을 밀어주고 머리를 밀어주고

은하철도에선 기적 대신 방울 소리가 나지
촤아—연기와 함께 열차가 들어옵니다
한들한들 차창 밖의 세상을 향해
부푼 고름을 풀어헤치며

너와 나는 나란히
기차에 오릅니다

아저씨를 위한 무책임한 댄스

퇴근길에 올라탄 마포 18번 마을버스의 기사가 춤을 춘다. 핸들과 기어에 하나씩 손을 얹은 채로. 라디오에선 2000년대에 유행했던 코요테의 댄스 음악이 흐르는 중이다. 어깨와 고개가 흔들흔들, 들썩들썩, 손이 연신 잼잼을 한다. 내가 타는 마을버스는 사각의 큰 버스와 앞이 둥글고 작은 봉고가 번갈아 오는데, 작은 버스가 오면 나는 앞 유리창의 전망을 볼 겸 주로 조수석 뒤 간이 좌석에 무릎을 바짝 붙이고 앉는 것을 좋아한다. 그런데 오늘따라 운전석과 내 자리가 가까운 것이 꽤 부담스럽다. 아니, 저 아저씨에게 저런 면이? 고백하자면 그는 내가 퍽 싫어하는 기사이다. 아침마다 창문이 거의 터질 것처럼 꽉 찬 버스를 휘몰아치듯 몰아 승객들을 쥐포로 만들고, 혹여 다른 운전자와 실랑이라도 생기면 민망한 욕설로 버스 안을 마구 할퀴어놓기 일쑤기 때문이다. 얼마 전엔 운전석 가까이에서 통화하던(정말 속닥속닥했다고요) 내게 그가 큰 소리로 면박을 주는 바람에, 그 후로 나는 그 기사만 만나면 잔뜩 움츠러든 채 속으로는 흥, 하고 잔뜩 고까운 마음을 갖게 되었다. 뭐야, 언제 적 음악이야? 참 나, 웬 춤?

사실 나는 마을버스 기사라는 직업에 대해 멋대로 낭만적인 시각을 가지고 있다. 중학생 시절 성당 주일학교 문집에 실었던 내 산문의 주제가 마을버스였다. 안개 자욱한 일요일 아침, 완만한 모퉁이를 돌아 나오는 초록색 버스의 모습을 애니메이션 〈이웃집 토토로〉의 고양이 버스에 비유한 장면이 기억난다. 그만큼 마을버스가 좋았다. 마을버스는 '너무 멀리' 가지 않으면서도 내게 다른 마을을, 나와 이웃했으나 낯설고 흥미로운 동네를 탐험시켜주었으니, 안전함 속에 모험이 있었다. 내가 타고 다녔던 05번 마을버스는 서울 강서구 마곡동에서 공항동 사이를 운행했다. 그래서 공항동은 내가 혼자 갈 수 있는 가장 먼 곳이었다. 무엇보다 마을버스는 나를 '성당'에 데려다주었다. 내가 마을버스를 타는 이유는 오로지 성당에 가기 위해서였고, 그곳에는 내가 좋아하는 고등부 오빠, 친구와 선후배와 선생님들, 신부님과 수녀님이 있었다(예수님도 있었겠지). 내가 천국에 가는 날엔 천사가 마을버스를 몰고 오리라.

마을버스를 타고 다니며 가장 좋아했던 장면 중 하나는, 기사가 반대편 차로에서 오고 있는 동료 기사를 만났을 때 흰 면장갑을

낀 손을 들어 그들만의 방식으로, 그때의 기분에 따라 인사를 하는 장면이었다. 기사들은 차창 밖으로 손을 흔들거나 짧은 경례를 했다. 나는 혹여 놓칠세라 기사들 사이의 짧고 유쾌한 수신호에 시선을 집중하곤 했다.

있잖아, 나는 마을버스 기사가 되고 싶었어. 긴 머리는 셔츠 위로 질끈 묶고 부드럽게 핸들을 꺾어 골목을 돌지─동료의 버스를 마주치면 창밖으로 살랑살랑 손을 흔드는 거야. 아무리 느린 노인이 타더라도 한숨을 쉬지 않지. 눈을 치켜뜨거나, 카악-퉤, 침을 뱉지도 않아. 그래, 무섭고 무섭지. 여전히 그런 꿈을 꾼다는 것. 손끝이 저리도록 간지러워, 너는 웃습니다.

_배수연, 〈부업〉

이 시를 쓰고 얼마 후, 동생과 대화를 하다 동생은 마을버스 타기를 싫어한다는 (놀라운) 사실을 알게 되었다. 동생에 의하면 마을버스는 일반 버스에 비해 전체 노선의 길이가 매우 짧다보니 기사들이 짧은 경로를 쳇바퀴 돌듯 반복해서 운행해야 하므로 심리적으로 지치기 쉬운 데다, 충분히 익숙한 길이라 생각하기 때문에 섬세하기보다는 기계적으로, 어느 때는 거칠고 신경질적으로 운전한다는 것이다.

그럴 수도 있겠다! 나의 '마을버스 도식'이 수정되면서 그 안에 들어오지 않고 떠다니던 경험의 조각들이 움직이기 시작했다. 나는 채 2킬로가 안 되는 거리를 왕복하는 마포 18번 마을버스를 운전하는 지루함이란 어떤 것일지 상상해보았다. 먹먹한 얼굴로 실려가고 실려오는 나와 사람들의 얼굴 위로 탄 자국처럼 눌러붙은 출퇴근길의 숨막힘도 떠올려보았다. 하루라는 경로를 스물네 시간에서 마흔여덟 시간, 일흔두 시간으로 늘려본 뒤, 반대로 열두 시간이나 여섯 시간으로 줄여보았다. 어떤 것이 더 지루할까? 긴 하루와 짧은 하루, 어떤 것이 더 일상에서 싫증이 날까? 나는 자주 출근길 버스가 엉뚱한 길로 핸들을 돌리는 상상을 한다. 아니면 아예 멈춰버리거나! 내리세요, 다 내리세요, 또는 타세요, 거기 가는 분들 다 타세요! 승객 여러분, 어디로 갈까요? 나는 아까 상암동 던킨 도너츠가 있던 곳으로 돌아가자고(겨우 거기?!) 외친다. 나는 출근길에 하루도 빠짐없이 도넛 가게에 눈길을 주면서 아, 그냥 저기 앉아 커피랑 도너츠를 먹고 집으로 돌아가고 싶다, 그러면 소원이 없겠다, 라고 생각했기 때문이다. 어때요, 다른 분들은요? 사람들도 세차게 고개를 끄덕인다. 마을버스와 사람들은 커피와 도너츠에 도착한다. 기사와 승객들은 따뜻한 잔을 쥐고 이야기한다. 상암동에 대해서, 아침에 대해서, 해와 날씨와 어딘가에서 어딘가로 이동하는 일에 대해서, 싫증에 대해서, 마을버스를 타는 시간과 기다리는 시간에 대해서, 마을버스에서 가장 좋아하는 자리, 마을버스의 광고나 기사가

틀어놓는 라디오 방송에 대해서, 기사가 달리기 가장 좋아하는 구
간과 싫어하는 구간에 대해서……. 우리는 직장에 두 시간 정도 늦
기로 한다(겨우 그만큼?!). 무슨 별일이 있겠는가? 모든 소란은 점심
시간이 되기도 전에 수습된다. 일탈로부터의 흥분과 쾌감은 익숙함
과 평범함 속에서 흩어진다.

안은미가 비전공자인 일반인과 함께하는 작품 시리즈 중 하나
로 아저씨들과 함께 만든 〈아저씨를 위한 무책임한 댄스〉(2013)가
있다. 그는 여성이나 다른 세대에 비해 중년 남성들이 몸을 활짝 열
기 어려워했다고 말한다. 드물지만 나도 아저씨들의 춤을 본 적 있
는데, 내 기억 속 춤추는 아저씨들은 모두 술에 흠뻑 취해 있었다.
어린 시절 부모님 친목회에서, 회식 중 노래방에서, 영화·드라마 속
룸살롱에서. 장소와 사람이 바뀌어도 움직임―시선은 흩어지고 머
리와 허리는 무겁고 팔다리가 경직된 몸짓―은 어딘가 비슷했다. 나
뿐만은 아닐 것이다. 대한민국 아저씨들의 다양한 춤에 대해 상상
력을 펼치기는 꽤 어렵다. 넥타이나 술, 성적 일탈을 빼놓고 말이다.
슬픈 일이다. 사회적 관습에 내면화된 정신과 억압된 욕망이 술에
취해 비틀대는 춤……. 대한민국 중년 남성의 몸과 마음은 무엇을
향하고 어디에 묶여 있을까. 어떤 체면과 책임이 그들의 신체를 지
배하는 걸까.

춤추는 기사 아저씨를 끔뻑이는 눈으로 흘끔거린다. 춤은 마술사가 흰 장갑을 낀 손으로 장미를 꺼내듯 근사하게 나타나기도 하지만, 삐져나온 호주머니 안감처럼 의도치 않게 흘러나오기도 한다(인류 최초의 춤 또한 일상적인 리듬 속에서 불현듯 유출되지 않았을까. 바람과 빗소리, 동물들의 울음, 누군가의 흥얼거림에 반응해서 말이다). 오늘 이 '아저씨'는 작은 버스 안에서 홀홀 자유롭고 흥겹다. 어쩐지 그 옆에서 나도 속으로 이런 고백이자 다짐을 한다. '나는 마을버스를 좋아해.' 더 이상 마을버스가 고양이 버스라고 상상하는 소녀가 아님에도 모퉁이에서 작은 이마를 내미는 버스를 발견했을 때 느끼는 반가움은 그 시절의 순수함과 나를 연결시켜준다. 기사 아저씨가 이런 고백을 상관하겠느냐마는, 그간 그에게 눌린 마음이 한결 부드러워진다. 내겐 마을버스에 대한 편애가 있고, 오늘 하늘은 어딘가 〈이웃집 토토로〉의 지브리풍이고, 아저씨가 둠칫둠칫 춤을 춘다는 이유만으로.

호랑이콩을 보고 당신을 떠올렸어요

이 사회에서 어떤 박테리아로 살아야 할까.

사람들은 왜 예쁜 여자를 좋아할까?

머리를 밀어버렸다.

_안은미, 〈안은미래〉

누군가의 피드에서 호랑이콩 한 접시를 보고 잠시 넋을 잃었다. 무심하게 휴대폰 스크롤을 내리던 중이었다. 맞아, 호랑이콩은 정말 멋지지! 알이 굵고 매끄럽고 화려하고, 수다스러우면서도 장엄해 보인다. 감탄과 함께 웃음이 터졌다. 껄껄, 꼭 안은미 같네! 누군가 심드렁하던 내 마음에 콩알탄을 던진 것처럼 콩들이 마구 튀어다녔다.

안은미를 콩으로 만든다면 꼭 호랑이콩으로 만들어야 한다(안은미 선생님, 불쾌해하지 마세요). 우리나라 토종 콩인 이 콩의 영어식 이름은 크랜베리콩cranberry bean인데, 한참 모자란 이름이다. 어디 호랑이콩에 비교할 수 있을까. 나는 언젠가 퇴근길에 얼룩무늬 강낭콩 한 소쿠리를 보고 우뚝 서버린 적이 있다. 황홀할 정도로 아름다웠다. 콩에 감동하는 일이 다 있다니. 콩 이름을 물어보니 호랑이콩이었다. 홀린 듯 한 봉지를 덜렁 사서 집으로 돌아왔다. 호랑이, 이콩에겐 그 정도의 비유가 필요하다.

힘, 벽사, 용맹, 백두대간. 호랑이는 멋진 상징을 많이 가지고 있다. 나의 시부모님은 집안 이곳저곳에 민화풍의 맹호도를 걸어두었는데, 식탁 옆에는 벽을 타고 내려오는 호랑이가, 침대 맞은편에는 가로로 길게 누운 호랑이가 있다. 거실의 큼지막한 청화백자에도 호랑이가 있다. 지인인 N작가는 호랑이 드로잉을 태피스트리로 만들었고, 우리는 그 작품을 쓰다듬으며 아이스크림을 먹었다. '풍수지리 공부가 작품 판매에 도움이 된다'는 선배 작가들의 조언에 대해 이야기하면서. 과연 그 태피스트리는 인기가 좋아 금세 동이 났다.

나는 누가 호랑이 그림이나 공예품을 준다고 해도 정중히 사양할 것이다(옆에 까치라도 있다면 모를까). 그런데 호랑이콩 한 접시를 본 순간, 그만 호랑이콩 그림이 맹렬히 갖고 싶어졌다. 호랑이콩을 거대하게 극사실주의로 그린다면 어떨까! 콩에 털이라도 있다면 그것까지 한 올 한 올 그린 그림 말이다. 콩 한 무더기를 찍은, 눈이 아프도록 정밀한 사진도 좋겠다. 최소 A1 사이즈는 되어야 한다. 그림은 못 구하겠지만 사진은 찍을 수 있겠지. 어디 보자, 망원동에 사진관을 하는 친구 P가 있다. P라면 분명 이 작업을 좋아할 것이다. 나는 망원시장에서 콩만 고르면 된다. 아름답고, 힘이 넘치는 추상회화처럼 보이겠지! 그 작품을 보며 안은미의 안무를 떠올려봐도 좋겠다. 콩들은 어떤 움직임처럼, 환호처럼, 웃음처럼, 터진 풍선과 얼룩과 멍처럼, 섬의 군락과 습지와 나비 떼, 그리고 끊임없이 증식하는 박테리아처럼 보일 것이다.

아무리 자세히 들여다보아도 콩에는 털이 없다. 매끄러운 콩! 콩 두豆, 머리 두頭. 무의식적으로 콩의 반질반질한 질감이 안은미의 삭발한 두상을 연상시켰다. 휘황한 컬러와 요란한 장식으로 둘째가라면 서러운 그이지만, 그의 가장 강력하고 절대적인 코스튬은 단연코 민머리이다. 피나 바우쉬가 앙상한 몸에 검은 자켓과 쪽진 머리를 하고 〈보그〉에 나올 법한 우아한 미소를 짓고 있다면(그리고 손가락엔 담배와 와인잔), 그는 삭발한 머리에 껑충한 저고리와 치마를 입고 다리를 쩍 벌린 채 서 있다.
그런데 그는 왜 민머리일까?

간단하다. 사람들은(더욱이 여성은) 어지간해서는 삭발하는 법이 없기 때문이다. 남들은 좀처럼 하지 않는다는 사실이 안은미에 겐 할 만한 충분한 이유가 된다. 그렇다면 사람들은 왜 삭발을 잘 하지 않는가?

아델베르트 폰 샤미소의 《그림자를 판 사나이》에는 악마에게 그림자를 판 슐레밀이라는 인물이 나온다. 그는 황금이 쏟아지는 자루를 지녔지만 사람들로부터 미움받고 배척당한다. 인문사회학자 김현경은 《사람, 장소, 환대》에서 소설 속 잃어버린 그림자를 영혼 의 은유로 보는 보들레르의 해석에 의문을 제기하며 대신 그림자를 사람 수행, 사람 자격과 관련이 있다고 해석한다. 그림자는 오히려 정신이나 영혼보다는 신체의 은유이며, 그림자가 없다는 사실은 마 치 코가 없는 얼굴과 비슷한 방식으로 사람답게 보이는 일의 손상 을 의미한다는 것이다.

머리카락이 없는 사람도 그림자를 잃어버린 사람과 비슷한 상 황을 겪는다. 한때 즐겨 본 교양 예능 프로그램에 탈모를 겪는 젊 은 남성 두 명이 출연한 적 있다. 두 사람은 소개되기 전까지는 전 혀 대머리로 보이지 않았다. 한 사람은 가발을 썼고 다른 한 사람은 머리를 짧게 민 것처럼 두상에 문신을 했기 때문이다. 그들은 조심 스럽게 탈모가 시작된 20대 초반부터 느낀 수치심과 그로 인해 겪 은 대인 기피 증상을 털어놓았다. 나는 탈모를 겪는 사람이 일상에 서 대머리라는 강력한 소수자 정체성을 가지고 산다는 사실과 사회생활에서 얼마나 큰 실존적 위기를 느끼는지 그제야 알게 되었고, 대머리와 관련한 농담에 대수롭지 않게 웃었던 일들이 부끄러워졌다. 만일 그 두 사람에게 스티브 잡스나 미셸 푸코, 가수 하림 같은 사람을 예로 들며 "에이, 그게 뭐 어때서. 자신감 갖고 당당하게 살아!"라고 말한다면 그것은 조언이 아니라 폭력에 가깝다. 실제로 사회는 탈모를 결함으로 여기고, 대머리라는 사실은 미추의 문제를 떠나 누군가에겐 사회적 성원권 박탈을 의미하기 때문이다. 방송에 나온 두 사람은 가발이나 문신과 같은 대머리로 보이지 않는 방법을 택함으로써 사회생활에서 겪는 고충을 극복했다.

안은미는 머리카락이라는 사회적 필수조건(특히 젊음, 여성됨의 필수조건이라고 더 강조해서 무엇하랴)을 스스로 제거해버렸다. 그는 오 년간의 고민 끝에, 1991년 작품 〈도둑비행〉을 준비하던 중 처음으로 머리를 밀었다. 거울을 본 그는 '전율'했다고 술회한다.

> 거울 앞의 나를 바라보고 온몸에 전율을 느끼는 경험을 처음 했어요. 왜 이걸 여태 안 했을까! 제 본성의 얼굴을 찾은 것 같았죠.
> _안은미, 《공간을 스코어링하다》

머리를 밀고 나니 그는 남자도 여자도, 아이도 어른도, 인간도 비인간도, 지구인도 외계인도 아니었다. 누구라도 될 수 있었고, 누가 될 필요도 없었다. 완전히 새로운 몸의 탄생을 경험한 그는 그 모습이 아주 마음에 들었다. 춤도 더 잘 춰졌다. 그 후 몇 번 머리를 다시 기른 적도 있었지만 뉴욕에서 잠시 기른 것을 마지막으로 그는 더 이상 머리를 기르지 않았다. 민머리는 안무가 안은미, 예술가 안은미의 정체성이 되었다.

예술가로서 별종 되기에 성공하는 것은 생각보다 훨씬 어려운 일이다. 기이한 행동이나 코스튬처럼 단지 외현적인 연출을 넘어 설득력 있는 전위를 만들어내는 일, 특정 장치가 자신의 작품 세계에서 효과적이면서 필연적인 언어로 내용과 형식을 갖추기에 이르는 일 말이다. 그는 그저 민머리에 머무르지 않고, 인간 사회의 욕망과 두려움, 그에 대한 해학을 보다 해방된 관점에서 다룰 수 있게 되었다. 이젠 안은미에게 머리카락이 있는 모습을 상상하기가 아주 어렵다. 전혀 다른 작품이 될 것만 같다.

안은미와 대머리, 대머리와 별종 되기. 그러니까 콩 한 접시 때문이다. 소란한 활기와 무한한 생명을 응축한 모습의 호랑이콩! 올 봄 샐러드에는 푹 삶은 호랑이 콩을 많이 넣어야겠다. 통속과 관습에서 홀가분하고 싶은 어떤 날엔 도서관이나 미술관보다 시장에 콩을 보러 가자.

인생은 엉뚱하게

무릎이 물렁물렁 힘이 빠지더니 온몸이 흐물흐물 눈물과 함께 조용히 흘러내리는 기분. 객석의 나는 숨죽인 채 당황하고 있었다. 완전히 낯선 것을 이해하기 위해 내 몸을 전부 녹이고 새롭게 만들어야 할 것만 같았다. 한국 창작 무용을 처음 접했던 스물세 살의 가을이었다.

서양화과 4학년이었던 나는 철학과 수업을 듣느라 학교에서의 마지막 해를 주로 인문대에서 보냈다. 개중엔 나처럼 어려운 수업에 진땀을 흘리는 타과생이 또 있었다. 한국무용과의 유키였다.

둘 다 예술대학에서 왔다는 점과 수업이 어려워 머리를 싸맨다는 이유로 유키와 나는 빠르게 가까워졌다. 그는 나직한 목소리에 곧은 눈빛의 일본인이었다. 당시 나는 한국무용을 제대로 본 적도 없을 뿐더러 한국무용이란 한복을 입고 머리에 쪽을 지고 추는 춤이라고밖에 생각하지 못했다. 일본인인 그가 한국무용을 전공하는 이유가 궁금했다.

"무트댄스." 유키는 자연스러운 발음은 아니지만 또박또박 차분하게 설명했다. "일본에서 한국의 무트댄스를 보고 첫눈에 반했어. 무트댄스는 우리 학교의 김영희 교수님이 만드신 거야. 나는 이 학교에 입학해서 교수님에게 무트댄스를 배우기 위해 한국의 국악고로 유학을 와서 입학시험을 쳤어."

나는 유키가 매료된 그 춤이 궁금했다. 어떤 춤이기에 유키의 진로를 완전히 바꿔놓았을까? 각종 궁금증이 뒤따랐지만 직접 묻지는 못했다. 유키의 머리는 단발인데, 무용과는 머리가 길어야 하는 거 아닌가?

그해 가을, 유키가 "김영희 교수님"의 새 공연을 보러 가자며 내게 초대장을 건넸다. 공연 첫날 호암아트홀 로비는 김영희의 제자들과 지인들로 북적였다. 나는 유키가 동기와 선후배들 사이로 들어가 인사하는 모습을 지켜보았다. 겹겹이 둘러싸인 원 한가운데 흰 달처럼 초연한 표정의 무용가 김영희가 서 있었다.

2007년 무트댄스 단원들의 정기 공연 제목은 〈꽃〉이었다. 나는 무용가 김영희가 그해 돌아가신 자신의 아버지를 기억하고 추모

하며 만든 작품이라는 간략한 설명을 훑어봤다. 새빨간 팸플릿에는 긴 머리에 저고리 없이 속치마만 입은 무용수들의 모습이 실렸는데, 나는 공연 제목과 사진을 대강 훑으며 어쩐지 청승맞다고 생각하고 있었다. 지루할 게 분명해. 객석을 둘러봤다. 지인이나 가족 말고도 이런 공연을 보러 오는 사람이 또 있을까? 아마도 없겠지. 나는 확신했다. 하지만 옆자리의 유키는 조용히 숨을 고르고 있었다. 조명이 어두워졌고, 공연이 시작되었다.

'무트'는 우리말의 '뭍', 땅을 가리킨다. 독일어로는 '용기, 의지'라고 한다. 무트댄스는 땅을 딛고 선 인간으로부터 춤의 원형을 찾는데,[*] 그 움직임의 핵심이자 근본이 바로 고유의 호흡법에서 나온다. 무트댄스는 아주 간결한 움직임 안에서도 호흡을 통해 완전히 수렴하고 다시 완전히 펼치는 극한의 제어와 극적인 도약을 보여준다.

하지만 그날의 나는 그런 정보도 없었고, 호흡이 특별하다는 것을 알아볼 식견도 없었다. 다만 서서히 춤에 몰입했다. 맨발의 무용수들이 걷고 달리고 돌았다. 때론 천천히 때론 빨리. 움직임은 고요하고 분명했고, 절제되었지만 폭발적이었다. 이제껏 느껴본 적 없는 낯선 파장이 툭, 내 안의 단단한 심지를 부러뜨렸다. 분명 몸으로 감각할 수는 있지만, 인식 안에서 해석할 수도 전달할 수도 없는

---

[*] 사단법인 '무트댄스' 홈페이지 참조.

무엇이었다. 당황했다. 만져지지 않는 검은 불길처럼, 말할 수 없는 아름다움과 슬픔에 덴 것만 같았다. 그 불길이 강렬하지만 아득해서, 눈물이 흘렀고 멈추지 않았다. 무엇을 보고 있는지, 왜 그런지 알 수 없었다.

　무게. 단지 무게가 전해졌다. 그때까지 내게 무용이란 곧 클래식 발레였고, 무용은 새의 목소리처럼 가벼워지고 싶어 하는 인간의 노력이라 생각했다. 무게로부터의 해방, 유연함과 자유로움, 그것이 무용이라 생각했다. 발레리나와 발레리노는 깃털처럼 이동하지 않는가. 미소를 띠고, 마치 중력이 없는 듯 사뿐 단박에 다리를 귀까지 들어올린다. 위로, 위로, 더 높이!
　그러나 나는 〈꽃〉에서 춤이 심연으로 내려앉는 것을 보았다. 발바닥 전체로 바닥을 딛고 자신을 더 무겁게, 더 무겁게 만드는 모습을 보았다. 그것은 추락이 아니었다. 그리고 아주 정성스럽게 춤이 그 무게를 다루는 모습을 보았다. 아버지를 여읜 슬픔을, 죽음이라는 조건을, 인간이라는 숙제를.

**

　졸업 즈음 오랜만에 유키를 만났을 때, 나는 자연스레 그가 대학원에 진학해 무트댄스 단원이 될 준비를 하리라 생각했다. 그러나 유키는 고민 중이라며 일본으로 돌아갈 수도 있다는 말을 했다. 자세한 연유는 알 수 없었다. 하지만 그가 지나가듯 "한국 사람들은 뭐든 솔직하게 다 말해보라고, 그러면 된다고 해. 그게 뭐가 어렵냐고"라고 했던 말이 의미심장하게 다가왔다. 김영희 선생님이나 동기들이 유키가 철학 공부에 쏟는 열정에 별다른 관심을 보이지 않는다는 이야기도 떠올랐다. 어렴풋하게나마 그가 오랜 한국 유학 생활에서 느낀 문화 차이와 외로움을 헤아려보았다. 나는 중등 미술 교사 임용 시험을 준비할 계획이라고 말했다. 그 후로 나는 유키를 만나지 못했다. 수험 생활이 길어지며 연락이 끊겼고, 나는 그가 일본으로 돌아갔다고 내 마음대로 생각했다.

유키가 춤을 추는 모습을 본 적이 있다. 그가 가을 학기 과제로 개인 안무작을 발표하는 자리에 나를 초대했기 때문이다. 머리칼 사이로 창살 같은 시선을 던지던 유키의 춤. 그는 지금도 춤을 추는 사람일까? 리포트 쓰기가 어렵다고 끙끙대면서도 철학과 교수님에 대한 존경심과 애정을 발그레한 얼굴로 고백하던 유키. 그때 우리는 고작 20대 초반이었다. 이제 그는 춤과는 전혀 다른 삶을 살고 있을지도 모른다. 십 년 후의 내가 시를 쓰고 무용을 보러 다니리라 나조차 상상하지 못했듯이……. 여기까지 생각하니 슬몃 웃음이 난다. 인생은 엉뚱하게 흐른다. 10대의 유키가 한국 창작춤에 반해 한국에 오고, 교양 수업을 듣다 교수님에게 반해 철학과에 온 것처럼.

무트댄스의 창시자 김영희는 2019년 예순두 살의 나이로 세상을 떠났다. 나는 무트댄스 홈페이지에서 단원들의 사진과 이름을 하나하나 살펴보았다. 오십여 명의 단원들 가운데 유키의 얼굴과 이름은 보이지 않았다.

이제 나는 좋아하는 안무가들의 공연을 챙겨 보고, 그들의 SNS를 흘끔거리며 누구든 무용인이라면 일단 존경심을 품는 사람이 되었다. 심지어 다시 태어나면 안무가가 될 거라는 말까지 하고 다닌다. 유키가 알면 뭐라고 할까? 나는 아직 핸드폰에 남아 있는 그의 번호를 눌러보는 대신, 언젠가 엉뚱한 자리에서 그를 다시 만나면 좋겠다는 바람을 갖는다. 그땐 너를 만나 무용을 좋아하게 되었다고, 고맙다고 말해야지. 무트댄스 이야기는 빼도 좋겠다. 모든 것을 말로 다 이야기할 필요도, 그럴 수도 없다는 걸 잘 알게 되었으니까. 그것이 그 시절 우리가 머리를 싸매고 비트겐슈타인을 읽으며 배운 것이 아닌가.

로비의 루비

별사탕을 먹으려고 건빵을 사는 사람은 드물겠지만, 숨은 별사탕 생각에 흐뭇해지는 사람은 많지 않을까. 내게 공연장 로비는 바로 별사탕 같은 곳이다. 공연장에 가는 발걸음이 흥이 나는 이유는 그곳에 로비가 있기 때문인데, 과장을 조금 보태자면, 무대가 없는 공연장은 상상할 수 있지만 로비가 없는 공연장은 상상하기 어렵다. 규모가 작은 공연장일 경우 길에서 표를 구입한 후 곧바로 공연장으로 입장하는데, 그럴 때면 애석한 마음을 숨기기 어렵다. 어라, 로비가 없다니, 로비가 없다니……!

고대 동서양 전통에서는 이승에서 저승으로 넘어가는 길목을 강이나 은하수로 상상하였다. 반면 현대의 많은 영화나 드라마에서는 주인공이 완전한 죽음의 영역으로 넘어가기 직전에 머무는 중간지대를 정거장과 같은 모습으로 묘사한다. 기차역이거나 전철역, 작은 벤치를 둔 버스 정류장처럼 말이다. 이런 장소는 이승도 저승도 아닌 중간지대를 표현하기에 적절한 비유가 된다. 로비는 공연이라는 예술적 사건과 일상 사이에 위치한 독특한 영역이다. 하나의 작품을 위한 의도와 선택이 예술적 사건을 구성한다면 그 사건의 시공으로 진입하기 위한 길목은 바로 로비인 것이다. 로비는 단지 환승 구간일 뿐만 아니라, 생기 넘치는 독특한 현장이기도 하다. 공연 전의 설렘과 흥분이며 공연 후의 여운, 그 충만함과 아쉬움까지 흠뻑 누릴 수 있는 공간이기 때문이다.

때로는 공간이 아니어도 규칙적인 절차나 항구성을 지닌 사물이 로비처럼 공연에 진입하는 관문의 역할을 하기도 한다. 예를 들어 신촌의 예술영화 전용 극장인 '아트하우스모모'(줄여서 모모)는 본 영화 상영 직전에 관람 시 주의 사항(비상시 출입구의 위치, 관람 매너 등)을 안내하는 영상에서 베를린 필하모닉이 연주하는 드보르작 교향곡 8번 3악장을 들려준다. 광고를 지나 마침내 이 음악이 흘러나오면, 나는 짝사랑하는 사람이 길 건너에서 흔드는 손을 발견한 것처럼 설레는 나머지 심장이 부풀고 강아지처럼 꼬리를 세차게 휘젓는 마음이 된다. 모모에 드보르작의 음악이 있다면, 혜화동 아르코예술극장의 무대 위에서는 김환기의 그림이 공연의 문지기 역할을 한다. 가로 17미터, 세로 8미터의 이 대형 커튼은 〈새와 항아리〉를 수놓은 거대한 태피스트리로, 보통의 커튼처럼 주름이 잡혀 있지 않고 벽화처럼 평평하게 펼쳐져 있다. 밝은 하늘과 청록을 바탕으로 흰색과 감색, 검정의 단순한 형상이 떠오르고 아래로 흰 술이 가지런한 이 태피스트리는, 마치 막 너머의 숨겨진 세계의 신비를 수호하는 폭포나 문지기처럼 객석으로 들어서는 관객의 마음을 겸허하고 웅장하게 만든다.

하지만 역시 말 그대로의 로비, 내가 사랑하는 로비의 전형은 공연 포스터와 배너를 배경으로 분주한 티켓 부스, 그리고 상기된 얼굴의 사람들로 와자한 광장과도 같은 공간이 아닌가! 잘 관리된 대리석 바닥에 높은 천장, 케이크 같은 샹들리에와 긴 창문이 늘어선 근사한 로비도 좋고, 사람이 하도 드나들어 반질반질해진 바닥에 별똥별처럼 박힌 조명이 공간의 깊이를 만드는 작고 컴컴한 로비도 좋고, 동네 회관처럼 소박한 공간에 공연 포스터가 덩그러니 붙은 심심한 로비도 좋다. 공간을 빼곡히 채우는 그 시간의 활기는 언제나 관객의 몫이다. 흥분과 기대, 애정과 환호, 존경심과 격려, 반가움과 아쉬움.

홀로그램을 떠올려보자. 공연장 로비는 각도에 따라 공항이나 버스 터미널, 미술관과 박물관, 호텔이나 교회, 거리와 광장의 장면을 모두 보여준다. 로비엔 R, S, A, B석과 같은 차등이 없다. 모두가 라운지에 있고 복도에 있다. 예술적이면서도 일상적이고, 신성하면서도 세속적인 공간, 만남과 헤어짐이 있는 그 공간이 지닌 마술적인 분위기 때문에 나는 늘 공연 시간보다 훌쩍 여유롭게 로비를 찾는다.

고백하자면 무용 공연을 보러 간 로비에서 조용히 수행하는 나만의 미션이 있다. 바로 로비의 루비, 무용인 찾기! 시인들이 시집을 많이 읽듯 무용인들 역시 무용 공연을 많이 찾기 마련이다. 동료나 선후배, 스승이나 제자의 공연을 축하하기 위해 오는 경우도 많다. 무용인인지 어떻게 알아보느냐고? 무용인은 증명사진만 봐도 무용인 태가 난다. 멀리 던지는 힘 있는 시선, 특유의 긴장과 편안함이 선을 이루는 목과 어깨, 그 아래로 활짝 열린 가슴, 단단하면서 사뿐하게 디딘 발만 보아도 그렇다. 섬세한 근육 아래 어린아이의 유연함과 기민한 감각을 지닌 어른의 몸! 무용인이라면 일단 콩깍지를 쓰고 바라보는 나지만 실제로 그들만의 아우라는 숨길 수가 없다. 거기다 독특한 차림새. 대체로 무용인들은 유행에는 무심한 듯 보이는데 그들은 자신의 몸을 잘 이해하는 사람이 일부러 힘을 주지 않고도 자연스럽게 멋을 내는 방식을 잘 보여준다. 때로는 그것이 의도치 않게 유행을 선도하기도 하는데, 지금은 자주 눈에 띄는 스위스의 프라이탁 가방(폐방수천을 소재로 사용한다)은 무용인들로부터 일찌감치 사랑받았고 노브래지어의 실루엣 또한 현대무용가들에겐 익숙한 모습이다.

때로 로비의 무용인들은 재봉이 덜된 자루를 걸친 듯한 차림

새를 하고 있지만, 보통 간결하고 느슨한 옷차림에 머플러나 모자,
신발, 양말과 같은 소품이 독특한 경우가 많다. 가죽 가방을 메거나
높은 구두를 신는 경우는 좀처럼 없다. 금속 로고를 강조하는 경우
도 드물다. 무엇보다 몸을 편안하게 해주고 활동성이 좋은 옷을 선
호하며 장식이나 패턴보다는 직물의 질감이나 컬러, 드레이프가 만
드는 자연스러운 아름다움을 선호한다. 의상이 인물을 돋보이게 하
기 전에 의상이 몸을 방해하지 않게 하려는 데 목적을 두는 듯하다.

그런데 그와는 전혀 다른 방식으로 눈에 띄는 무용인이 있다.
대극장 무용 공연을 보러 가면 로비에서 반드시 이들을 만나게 된
다. 바로 한 올의 잔머리도 없는 완벽한 올림머리에 깡총한 교복을
입은 발랄한 예고 무용과 학생들의 무리이다. 학생들은 마치 교복
으로 결계라도 이룬 것처럼 같은 교복끼리 우르르 모여 있는데, 나
는 그들이 흩어져 있는 모습은 한 번도 본 적이 없다. 주로 주말 공
연을 찾는 나는 한겨울에도 학생들이 얇은 스타킹에 깡총한 스커
트를 입고 오종종 모여 있는 모습을 보며 어째서 주말이나 방학에
도 교복을 입고 공연장에 오는지 정말 궁금했다. 규율인가? 선후배
간의 위계나 학교 간 은근한 경계심도 눈에 띈다. 예고 출신 무용
수에게 물어보니 주말이나 방학도 없이 학교에서 레슨을 하기 때문
에 그렇다는 대답과 함께 특히 공연장과 같은 외부에서는 어쩐지
잘 몰려다니게 된다며 웃음을 짓는다.

 버스 터미널을 무척 좋아하는 선배 J는 강남고속버스터미널 근처에 살고 싶어 집을 알아본 적이 있다(가격에 놀라 바로 포기했다). 또 다른 친구 T는 마음이 심란하면 인천공항에 가서 몇 시간이고 앉아 있다 돌아온다. 나는 버스 터미널과 공항 대합실에서 어딘가로 떠나고 또 돌아오는 사람들이 뿜는 활기와 설렘 그리고 아쉬움을 바라보는 두 사람의 마음을 조금은 알 것 같다. 우리는 고요하고 청정한 공간을 원한다. 그러나 때로는 중첩되고 고양된 감정들 속에 안전하게 은거하기를 바란다. 로비란 그런 곳이다. 겨울에 볼 공연 하나를 한여름부터 기다리는 이유 중 하나는 서울 동쪽에서 서쪽으로 거처를 옮긴 대형 공연장의 새 로비를 거닐 기대 때문이다. 일찌감치 찾은 로비에서 달뜬 얼굴로 서성이는 사람이 또 있다면 마음으로 힘찬 악수를, 그리고 상큼한 윙크를 보내야지. 나의 설렘과 기쁨은 그 사람의 설렘과 기쁨 덕분이기도 하니까.

당신이 영화에서 춤을 볼 때 얻는 다섯 가지

영화 속 춤에 대해 이야기하려고 한다. 춤이 주요 소재나 주제가 아닌 영화에서, 다소 엉뚱하면서도 효과적인 방식으로 삽입되는 춤 시퀀스에 대해. 마침 코고나다 감독의 〈애프터 양〉을 보았기 때문인데 누구도 이 영화를 말하면서 그 장면을 거를 수는 없으리라. 나는 몇 번이고 그 매혹적인 장면을 다시 보았다. (이 영화를 보지 않은 사람이라면 2분 50초가량의 오프닝 영상을 추천하고 싶다. 춤 시퀀스 전체를 여기 담았다.) 영화는 감독 특유의 정제된 색감과 고요하고 사색적인 분위기로 아름답게 흐르다 불쑥 야광 도깨비 같은 춤을 등장시킨다. 빠른 테크노 음악, 강렬한 원색 조명과 더불어 주인공들의 진지한 표정과 각을 맞춘 군무에 순간 넋을 잃게 되는데, 영화 초입에 쭈뼛거리던 낯가림 심한 관객조차 그 장면에 이르면 도깨비 방망이에 맞은 듯 영화에 푹 빠져들고 말 것이다. 영화라는 서사 안에서 춤은 특별한 역할을 수행하기도 한다. 아래는 당신이 영화에서 춤을 볼 때 얻는 다섯 가지.

1. 은유 ― 호화로움

때로 춤은 가장 호화로운 은유로 등장한다. 대사와 서사가 춤으로 형태를 바꾸는 마법 같은 순간을 누려보자. 영화 〈이웃집에 신이 산다〉에는 어렸을 때 지하철 플랫폼에서 춤을 추다 사고로 왼쪽 팔을 잃고 의수를 착용하는 오렐리라는 인물이 나온다. 오렐리는 어느 노숙자의 말―인생은 스케이트장과 같다. 수많은 사람들이 넘어지기 때문이다―을 인생관처럼 새기고 마음을 닫은 채 외로운 삶을 산다. 그러던 그가 주인공 에아를 만난 후, 꿈에서 잃어버린 자신의 팔을 보게 된다. 꿈속에서 그의 왼쪽 손은 헨델의 〈울게 하소서〉에 맞춰 식탁 위를 빙판처럼 미끄러지며 우아한 춤을 춘다. 오렐리가 자신의 불운한 과거와 화해를 이루는 장면을 이보다 더 아름답게 표현할 수 있을까? 오렐리의 잃어버린 한쪽 팔이 펼쳐 보이는 춤은 오렐리와 관객을 단절과 비관에서 수용과 극복의 자리로 단숨에 이동시킨다.

2. 휘파람 ― 억양 바꾸기

어떤 그림책에는 이따금 페이지 안에 입체적인 장치―편지봉투나 창문, 선물 상자처럼―가 숨어 있어서 독자가 열거나 펼쳐볼 수 있도록 한다. 이 쪽지에는 지금까지의 문장과는 사뭇 다른 어투, 다른 폰트와 크기의 글귀—"믿거나 말거나 씨의 저녁식사 초대장: 디저트는 문어 맛 케이크"—가 적혀 있으며, 우리는 이 갑작스러운 삽입과 전환에 쾌감을 느낀다. 영화에서 돌연 춤이 나오는 장면이 그와 같다. 〈500일의 썸머〉에서 톰이 춤추는 장면을 보라. 썸머와 연인이 되었다는 확신을 갖자 행복감에 벅차오른 톰은 공원을 걷던 사람들과 합을 맞춰 마치 뮤지컬 영화의 한 토막처럼 춤을 춘다. (작은 파랑새 한 마리도 날아오는데, 그 새는 심지어 애니메이션이다.) 〈러브 액츄얼리〉에서 미국 대통령을 한 방 먹인 영국 총리(휴 그랜트 맞습니다)의 장난스러운 춤, 〈버닝〉에서 혜미가 노을을 보며 추는 신비로운 춤도 영화가 진행되던 분위기를 변주하면서 인물의 내면을 낯설게, 효과적으로 드러낸다. 우리는 어느 모퉁이를 돌다 누가(예컨대 감독이) 불쑥 내민 쪽지를 받는 것이다. 길고 어려운 질문에 휘파람으로 답하듯.

3. 초월 — 차원 이동

넷플릭스의 미스테리 드라마 〈The OA〉에는 기묘한 군무가 나온다. 빙 둘러선 여섯 명의 주인공들이 진땀을 흘리며 절박한 표정으로 (마치 현대무용과도 같은) 난해한 동작을 기계처럼 정확히 수행하는 장면은 드라마의 대표 이미지이자 하이라이트이다. 틀림없이 전문 안무가가 고안했을 그 동작은 그대로 오려내어 현대무용 공연의 일부로 넣더라도 이질감이 없어 보인다. 그로테스크하면서도 다소 엉뚱한 그 군무는 드라마에서 천사들이 다른 차원의 문을 여는 중요한 의식이다. 우리는 초월적 능력을 발생시키는 음성—아브라카다브라! 알라깔라 또깔라미 또깔라미 띠!—대신, 신체를 통한 초월을 보게 된다. 말로 수행된 주문은 단지 초월을 호명하거나 가리키지만 춤은 초월에 우리를 참여시키기 때문이다(춤을 보는 이는 춤을 추는 이와 뇌파의 리듬이 일치하는 경험을 한다). 풍물놀이의 신명나는 춤사위와 무당의 굿을 떠올려보자. 춤은 몰입의 절정에서 카타르시스와 함께 평소에는 예감할 수 없는 차원으로 우리를 도약시킨다.

4. 해소 — 이제로부터 영원히

봉준호 감독의 영화 〈마더〉는 '엄마'가 홀로 가을 들판에서 넘실넘실 춤을 추는 장면으로 끝난다. 이때 춤은 우리로 하여금 어떤 해소의 감정을 느끼게 하는데, 어떤 문제가 시원히 해결되어서는 아니다. 영화 속 엄마는 비밀(아들과 자신의 살인)을 영원히 침묵 속에 묻어버린다. 우리가 해소라고 느끼는 이유는 주인공이 처한 고민과 고통이 마침내 해결되어서가 아니라, 그의 침묵이 '영원'과 만나는 순간을 목격하기 때문이다. 영원만큼 강력한 힘이 있을까(무엇이 영원을 이길 수 있을까?). 엄마의 춤은 비밀이 영원 속으로 흘러들어가는 순간을 기념한다. 춤은 비밀을 말하면서도 숨긴다. 춤은 드러내면서 가릴 수 있고, 파헤치면서 묻어버릴 수 있다.

5. 관대함 — 보너스

영화의 이야기가 끝나며 등장하는 등장인물들의 유쾌한 댄스 파티도 빼놓을 수 없다. 많은 영화에서 엔딩 크레딧과 함께 커튼콜처럼 등장인물들의 경쾌한 춤이 이어지는데, 가벼운 율동이 나오기도 하고, 영화 〈알라딘〉이나 드라마 〈호크아이〉에서처럼 공들인 뮤지컬 공연이 펼쳐지기도 한다. 물론 디즈니 영화와 같은 해피엔딩에서만 보너스 댄스 영상이 등장하는 것은 아니다. 라이언 레이놀즈가 주연인 블랙코미디 영화 〈더 보이스〉의 결말은 꽤 잔인하고 비관적인데, 가슴이 시큰해지는 결말과 대비되는 경쾌한 춤이 영화에 기이한 음영을 드리운다.

엔딩 춤에는 영화 속 많은 인물들이 나름의 역경을 헤쳐온 뒤 한결 낙천적인 마음으로 자신들이 통과한 고난을 토닥이는 허심탄회함과 너그러움이 담겨 있다. 그 관대함이야말로 그 많고 많은 엔딩 춤들의 진짜 주제이다.

덧.

조지 오웰은 글을 쓰는 목적을 네 가지로 분류한다. 첫째, 순전한 이기심(멋져 보이고 싶음). 둘째, 미학적 열정(아름다움을 나누고 싶음). 셋째, 역사적 충동(진실을 알아내고 보존하고 싶음). 넷째, 정치적 목적(다른 사람들의 생각을 바꾸고 싶음). 오웰의 기준을 춤에도 적용할 수 있다. 물론 네 가지 모두 탁월하게 성취한 작품은 드문데, 우

리는 그런 작품을 수작이라 부른다. 여기에서 수작—첫 번째 목적
은 알 수 없지만 나머지 세 개의 목적은 충분히 이뤄낸—다큐멘터
리 영화 한 편을 추천하고 싶다. 바로 임흥순 감독의 〈위로공단〉이
다. 현대무용과 퍼포먼스의 경계처럼 보이는 장면이 다큐멘터리 곳
곳에 등장하는데, 그 서늘한 아름다움이 구로공단 '공순이'부터 오
늘날 콜센터 직원에 이르는 여성 노동자 사이사이를 흘러 다닌다.
이 작품이 베니스비엔날레 은사자상(2015)을 수상했다는 사실도
굳이 언급하고 싶다. 좋은 작품을 많은 이와 공유하고 싶은 마음
에. 누구든지 좋은 영화, 특히 춤 장면이 멋진 영화를 안다면 내게
도 꼭 귀띔해주길.

장면들 1

**

기화는 신비로운 점프처럼 느껴진다. 덩어리가 액화를 거치지 않고 곧바로 연기가 되기 때문이다. 과연 지구의 마술사들은 '펑' 하는 연기와 함께 덩어리인 무언가를 사라지게 만든다. 어제 본 한국 안무가의 작품에서 다섯 명의 무용수가 도토리처럼 모여 팽팽한 활력으로 합을 맞추는 장면은 기화를 떠올리게 했다. 그들은 서로 단단히 결속하는 순간에 증발하고 있었다.

**

기화가 주는 해방감과는 다르게 우리를 액체 상태의 감각과 감정으로 몰아넣는 장면도 있다. 연기는 목적지 없이 움직이지만 액체는 시냇물과 강물처럼 어딘가를 향해 흘러야 한다. 나는 산 중턱에 세워진 여자 고등학교를 다녔는데, 그 학교에서 학교다운 공간,

숨이 트이는 공간은 5층 음악실 한 곳뿐이었다(심지어 도서관도 없었다). 음악실은 숲을 향해 가로로 길게 낸 창문을 제외하면 천장과 바닥, 사방이 원목이었고, 창 앞에는 작은 그랜드피아노와 나지막한 단상, 그리고 벤치형 의자 여덟 개가 작은 예배당처럼 창문과 단상을 마주보고 놓여 있었다. 열여덟 살의 여고생들은 창을 바라보며 〈얼굴〉과 〈오 솔레미오〉를 부르고 또 불렀다. 창 너머에서는 빽빽한 은사시나무 군락이 바람에 얇은 손바닥 같은 잎사귀를 떨며 하염없이 반짝였다. 은사시나무 잎은 넓은 부채 모양으로 잎과 가지를 연결하는 잎자루가 가늘고 부드러워 미풍에도 끊임없이 뒤집어진다. 거기다 잎 뒷면이 흰빛을 띠어서, 마치 전등이 깜빡이는 것처럼 반짝이는 극적인 효과를 낸다. 은사시나무에 둘러싸여 노래하는 소녀들의 마음은 레몬색 강물처럼 무섭게 불어났다. 이유도 방향도 알 수 없이 설레었고, 불안했다. 우리는 달고 신 향기를 뿜어내며 여기를 떠나 어딘가에서 어딘가로, 무엇이든 마구 휩쓸고 삼키고 토하며 흘러가고 싶었다.

**

갓 오십 일이 넘은 조카는 아직 스스로 몸을 뒤집지도 못하지만, 이모인 나는 조카가 걸음마를 하는 상상을 한다. 그리고 아기 특유의 바운스로 춤을 추는 동작도. 아기들은 유연한 스프링 같은 팔다리에 작은 고무공 같은 무릎을 퉁기며 춤을 춘다. 아기들이 치는 박수는 우리의 박수와는 전혀 다르다. 아기는 손뼉을 치는 게 아니라 양 손바닥이 반대편 손바닥에 골인하듯이, 파동으로 온몸에 스파크가 일어나듯이 박수를 친다. 그 진동으로 아기는 박수를 칠 때마다 까르르 웃음을 터뜨린다. 모두가 한때 지녔던 그 부드러운 스프링과 고무공, 번쩍이는 스파크는 어디로 갔을까? 우리가 여전히 수줍음을 모르고, 줄서기와 젓가락질, 책상에 바르게 앉기와 국민체조 같은 표준화된 동작들을 배우지 않았다면 그 리듬과 멜로디를 잊지 않았을까? 왜 어떤 나라의 어떤 마을, 어떤 어른들은 여전히 그런 흥겨움과 유연함을 드러낼까?

**

내가 다니던 수영 초급반 강습에는 상급반에는 없는 특별한 순서가 있었다. 나는 발차기, 자유영 왼팔 돌리기와 오른팔 돌리기, 배영 또는 평영 발차기를 두세 바퀴씩 돌고 나면 기다리던 순서가 떨어지기를 바라며 강사의 눈을 노골적으로 바라봤다. 젊은 수영 강사는 늘 까맣게 잊고 있던 순서를 기억해낸 듯한 표정으로 "자, 두 바퀴 걷고 오세요!"라고 말하는데, 그 순간이면 나는 입에서 실실 비어져나오는 기쁨을 감출 수가 없었다. 초급반 수강생들은 오리처럼 줄을 지어 레인을 두 바퀴 걷는데, 나는 조금이라도 그 시간을 늘리고 싶어서 일부러 반 박자 더 천천히 걸었다. 물속에서 천천히 걷기가 얼마나 근사한 일인지, 그 행복감으로 배 속이 다 간지러웠다. 깊숙이 몸을 담그며 걸을 때면 발목과 몸통을 감싸는 물의 질감과 점성이 또렷이 느껴졌다. 물의 저항은 우리 몸을 부드럽게 누르면서도 우리가 나아가도록 내버려두는데, 그것은 포옹을 받으면서도 포옹을 통과하는 일처럼 기묘한 기쁨을 준다. 줄지은 우리의 발걸음은 물속에서 슬로비디오 영상처럼 우아하면서도 아기의 걸음처럼 탄성이 넘친다. 그뿐인가, 걷다보면 수영장이라는 공간이 사뭇 신선하게 느껴진다. 중급반과 상급반 수강생들이 물장구치는 힘찬 소리와 쩌렁쩌렁한 강사들의 목소리가 천장이 높은 실내 수영장을 메아리로 가득 채우고, 타일과 물의 희고 푸른 빛이 반짝인다. 무엇보다 짜릿한 일은 열정과 속도감이 넘치는 이 공간에 우리 초급반 수강생들만이 유유하다는 사실이다. 우리는 빛과 소리와 물이 만드는 부드러운 함성 속을 나긋하게 가로지른다. 우리는 어린이집의 순한 아이들처럼 우리만의 낮잠 시간을 갖는다. 그 순간 나는 왜 예수와 베드로가 물 위를 걸어야 하는지 이해하지 못한다(수영을 못했나보다). 수영을 사랑하는 사람이라면 물속에 있어야 한다. 게다가 바닥에 발이 사뿐히 닿는다면, 물속을 걷는 기쁨을 놓치면 안 된다.

**

아기인 조카는 내가 다닌 고등학교 바로 아래에서 산다. 조카가 계속 그 동네에 살아 열여덟이 되고, 그 음악실에 앉아 같은 풍경을 바라보며 노래하게 될지도 모른다. 나와 조카 사이에 사십 년이라는 간격이 있다. 나는 사백 년 된 황금이라도 물려주는 양 기분이 으쓱해진다. 그러나 기대는 금물, 넌지시 음악실에 대해 물었을 때 조카는 전혀 엉뚱한 대답을 할지도 모른다. 5층까지 올라가기 귀찮다는 식으로…….

**

고층 빌딩 사이의 좁은 길로 들어서니 두텁고 세찬 바람이 밀려 들어온다. 내 뒤로 정장 차림에 안경을 쓴 남자가 양팔을 날개처럼 벌려 손끝까지 곧게 뻗은 채 턱을 치켜들고 새처럼 나를 앞지른다. 재킷이 돛처럼 팽팽하게 부풀고, 나는 그의 양 날개 끝이 자라 빌딩을 긁는 소리를 듣는다.

**

내가 평영을 할 줄 알면서 못한다고 말한 사실을 수영 강사가 눈치챘다. 내일부터 중급반으로 옮기라는 말이 떨어지자, 나는 시옷자 눈썹을 하고 초급반에 더 있고 싶다고 간청한다. 왜요? 퉁명스러운 질문에 나는 "거긴 걷는 시간이 없잖아요"라고 말한다. 강사는 파하 웃더니 "중급반에도 걷는 시간 있어요"라고 말한다. 나도 안다. 그런데 매일 걷는 게 아니라, 어쩌다 한 번이다. 나는 중급반으로 밀려난(?) 후 간절히 걷고 싶은 나머지 처음으로 자유 수영을 찾는다.

그런데 자유 수영에서 느긋하게 걷는 일은 레인을 돌며 헤엄치는 사람에게 실례가 되고 만다. 나는 내 두 번째 어린 시절이 끝나는 침통한 마음으로 수영장을 빠져나온다.

**

빌딩 사이로 양팔을 장대처럼 뻗은 그 남자는 새가 되고 싶었다. 나는 그런 순간이면 늘 거대한 깃발을 떠올린다. 나는 거대해지고 싶지만, 훨훨 날아가는 대신 어느 모퉁이에 모서리를 단단히 매어놓고 천둥처럼 흔들리고 싶다. 흔들리다보면 깃발에서 늙은 호박이 몇 덩어리나 나올 것만 같다. 깃발이 아니라면 현수막도 좋다. 나는 사지가 묶인 현수막이 펑펑 울고 펄펄 나는 것을 본다. 그것은 기화도 액화도 아니다. 바람이 아무리 불어도 깃발이나 현수막은 연기가 되지도, 강물이 되지도 않는다. 그것은 언제나 깃발이고, 현수막이다. 내가 오래 살았던 마곡 벌판은 바람이 유난히 거센 곳으로, 어느 날 사거리에 위아래로 줄을 지은 현수막들이 엎드려 우는 사람들처럼 등을 들썩이며 소리를 내고 있었다. 부드럽지만 크고 강력한 소리, 날아가는 것들이 아니라 매어 있는 것들에게서 나는 소리를.

사과춤 딸기춤

키가 큰 내 동생이 무대 왼쪽 제일 끝줄에서 발끝으로 우아하게 미끄러지듯 걸어 나왔다. "저기 있다, 저기!" 옆자리의 엄마가 속삭이며 조심스레 무대 왼쪽을 가리켰다. 우리는 군무가 이어지는 내내 오로지 동생에게 눈길을 고정했다. 스완스 발레단 창단 첫 공연인 〈호두까기 인형〉을 보러 온 가족과 연인, 친구들로 마포아트센터 대극장이 가득 찼다. 막이 오르기 전 단장이 짐짓 부푼 억양과 몸짓으로 국내 첫 아마추어 발레단인 스완스 발레단의 창단 동기를 소개했다. 다양한 직업과 나이의 단원들이 발레 무대에 서고 싶다는 간절한 꿈을 이루기 위해 스완스 발레단을 찾아왔으며 이들이 공연을 위해 쏟아낸 열정과 끈기가 놀랍다는 상찬이 길게 이어졌다. 단장의 인사치레가 지루해진 나는 뻔하고 성급한 스토리텔링이라며 속으로 희미한 콧방귀를 뀌었다. 그가 굳이 언급한 단원들의 직업은 의사, 변호사, 대기업 사원뿐이기도 했고, 무엇보다 내가 아는 내 동생은 무대에 오른다는 간절한 꿈을 품은 적이 없어서이다. 동생이 가장 기대하고 사랑하는 공간은 발표회 날의 화려한 무대보다는 작품을 익히고 반복하는 연습실 현장이다.

무용 공연을 보러 다니는 사람은 나이지만, 무용을 정식으로 배웠던 사람은 세 살 터울의 내 동생이다. 어린 시절 나는 방에서 책 읽기를, 동생은 놀이터에서 모래 놀이와 그네 타기를 좋아했다. 내가 방 안에서 이야기와 상상 속을 헤집고 다닐 때 동생은 붉은 뺨과 호리호리한 팔다리로 바깥을 누비고 다녔다. 방과 후면 나는 속셈 학원에, 동생은 태권도장에 있었다. 내 몸은 또래보다 컸고 2차 성징도 빨랐으며, 몸과 표정은 아둔한데 생각과 마음은 예민했다. 내게 세상은 늘 좋은 것을 흔들어 보이면서도 결코 쉽게는 주지 않는 의뭉스러운 곳이자 어느 구석에서 슬그머니 구겨진 행주 쉰내를 풍기는 곳이었는데, 그런 심술궂고 침침한 면에 대해서라면 일절 모르는 체해야 한다는 의무감과 희미한 슬픔이 내 마음 낮은 곳에 가라앉아 있었다.

하지만 어린 내 동생에게 슬픔이란 거추장스럽고 성가신 감정이었다. 같은 부모에게서 태어나 한집에서 살았는데도 나와 달리 동생에게 세상은 투명하고 부드러운 가장자리를 퍼뜨리는 종소리 같은 곳이었다. 그 종은 때가 되면 울리고 약속을 어기는 법이 없었다. 어린 시절의 거짓말을 헤아릴 수 있다면 내가 한 거짓말이 동생의 열 배는 될 터인데 내겐 언제나 더 좋은 삶, 더 멋진 사람들이 필요했지만 내 천진한 동생에게는 그런 식의 간절함이 없었다. 가늘고 작은 체구에 머리색이 옅었던 동생은 대인 관계에서는 내향적이면서도 야외 활동을 무척 좋아했다. 매일 저녁 먹을 무렵에야 손톱 밑이 까매진 채로 우유 냄새, 흙냄새를 풍기며 집에 들어왔다.

어느 날 우리 동네 안쪽에 발레 수업을 하는 곳이 있다는 소문을 들은 나는 엄마를 졸라 무용 학원에 갔다. 초등학교를 한 해 일찍 들어간 동생은 2학년, 나는 4학년 무렵이었다. 발레라는 단어를 둘러싼 판타지에 호기심이 생겼고, 발레의 모든 시각적인 요소—파스텔 톤의 레오타드와 머핀 종이 같은 튀튀, 그리고 광택이 나는 토슈즈와 우아한 동작들—가 나를 공주와 요정으로 만들어 주리라 생각했기 때문이다. 동생도 덩달아 나를 따라나섰다. 처음 발레 학원에 들어선 나는 텅 빈 연습실을 보고 깜짝 놀랐다. 미술 학원, 피아노 학원처럼 '학원'이라는 곳은 우리 집에는 없는 특별한 기물들로 가득한 공간일 거라 생각했기 때문이다.

수업은 1, 2교시로 나뉘었는데, 수업료가 부담스러웠던 우리는 1교시만 참여했다. 그러나 1교시에는 스트레칭과 체조 비슷한 동작만 했고 정작 궁금했던 발레 수업은 2교시에만 했다. 나는 파스텔 톤의 발레복은커녕 엄마가 입던 형광색 에어로빅복(말했지만 나는 체구가 컸다)을 입는 바람에 김이 팍 샜다. 동생은 검정 레오타드라도 사 입었는데 말이다. 원생들은 모두 동생 또래이거나 더 어렸는데 그들과 함께 거울에 비친 조숙한 열한 살의 나는 우스꽝스러운 걸리버처럼 보였다. 내 표정과 행동이 어리숙해 보이는 만큼 감수성도 둔할 것이라 생각한 선생님은 은근히 나를 두고 비아냥거리곤 했다. 우리 자매는 겨우 두 달을 다니고 수업을 관뒀다.

그러나 나는 발레 학원에 다녔다는 사실을 머리에 단 커다란 리본처럼 생각했다. 나도 모르게 체육시간에 앞구르기를 하면서 팔을 만세하듯 곧게 위로 뻗고, 동시에 다리 한쪽을 직각으로 들어올린 뒤 몸을 휙 굴렸는데(학원에서 매일 그렇게 구르기를 시켰으므로) 그 자세가 남달라 보였던지 아이들이 내가 발레 학원에 다녀서 그렇다며 저들끼리 소곤거렸기 때문이다. 나는 어린이용 토슈즈를 신어보지도 않았지만 그런 체하고 잠자코 있었다.

반면 동생은 발레복이나 발레리나라는 판타지에는 관심이 없었고 학원을 그만둔다고 딱히 서운해하지도 않았다. 그러나 동생은 학원에서 리듬에 맞춰 몸을 움직일 때 낯설고 신비로운 감정을 느꼈다. 나는 그 감정이 무엇인지 시간이 흐른 후 무용수들과의 대화를 통해 추측해볼 수 있었다. 그것은 기쁨과도 비슷한데, 우주의 광

대한 톱니바퀴에 자신의 톱니바퀴가 맞물려 돌아가며 온전해지는 짜릿함이었다. 동생은 어린이의 단순하고 직관적인 감각으로 발레를 통해 질서와 완전함을 갖추는 행복을 경험한 것이다.

얼마 뒤, 동생은 혼자 이웃 동네의 다른 발레 학원에 다니게 되었다. 어느 하루 그곳에서 아이들을 초대해 무료 수업을 진행한 것이 계기가 되었다. 나도 함께 갔지만 정작 제대로 된 발레 수업을 받아보니 모든 게 어렵고 영 흥미가 안 생겼다. 그곳은 다양한 연령대의 수강생들이 모이는 곳으로 취미생뿐 아니라 입시생도 가르치는 보다 전문적인 학원이었다. 동생은 초등학교를 졸업할 때까지 그곳에서 발레를 배우고 친구를 사귀었다.

동생이 태권도장과 무용 학원에 다니는 동안 나는 피아노 학원과 속셈 학원에 갔지만 슬프게도 내겐 어느 학원도 재밌고 즐겁지 않았다. 한 번도 피아노 치기와 수학 공부에서 짜릿함이나 우주의 톱니바퀴를 느낀 적은 없다는 말이다. 수학이라는 학문과 피아노 연주가 얼마나 멋진지 왜 배우지도, 느끼지도 못한 걸까? 지금도 피아노를 볼 때마다 꾸역꾸역 연습하던 그 시절의 괴로움이 떠오르고, 수학이야 두말할 것도 없으니 안타까울 따름이다. (못하더라도 좋아할 수는 있지 않은가.) 그러나 태권도와 발레를 하고 돌아온 동생의 얼굴은 늘 해처럼 빛났다. 실력 따지기는 마치 슬픔에 젖기처럼 동생에게 중요하지도 필요하지도 않은 일이었다. 동생은 발레가 얼마나 멋진지, 음악과 동작이 조응하는 그 순간이 얼마나 기쁜지 알았기 때문이다.

하루는 무용 학원에서 돌아온 동생에게 엄마와 내가 오늘은 무슨 춤을 배웠느냐고 물었다. 동생은 배운 동작의 이름을 대며 빙그르르 돌고 펄펄 우아한 팔 동작을 해보였다. "와아!" 우리가 동생의 능숙한 춤에 감탄과 박수를 보내자 신이 난 동생이 "사과춤도 배웠어!"라며 분위기를 바꿔 발랄한 춤을 추었다. 신기한 나머지 앵콜을 외치자, "이건 딸기춤!" 하고 깡총거리며 연신 다른 춤을 선보이는 게 아닌가. 메론춤, 바나나춤, 수박춤으로 계속 이름이 바뀌며 점점 막춤과 비슷해지고 나서야 엄마와 나는 이 과일춤 연작이 동생의 즉흥이었다는 사실을 알고 깔깔거렸다.

스완스 발레단의 〈호두까기 인형〉 커튼콜에 박수와 함성이 쏟아진다. 엄마와 나는 화기애애한 로비에서 동생을 기다리며 공연 리플릿에 실린 소개 자료를 훑는다. 여러 축사와 단원들의 짤막한 인터뷰마다 못다 한 꿈을 이룬 일에 대한 찬사와 기쁨이 어려 있지만, 어쩐지 그 문장들이 진정한 취미라는 멋, 취미의 고상하고 심오한 가치를 일깨워주는지는 의아하다. 취미가 이루지 못한 꿈의 벌충은 아니다. 취미는 취미로서 충분히 좋다는 것을 우리는 잘 안다.

우리가 어린 시절 춤을 추고, 책을 읽고, 그림을 그리고, 수영과 축구와 농구를 하면서 행복했던 순간처럼 말이다. 사과춤, 딸기춤을 추던 마음과 배움의 기쁨 사이에서 동생은 오래오래 발레를 사랑할 것이다.

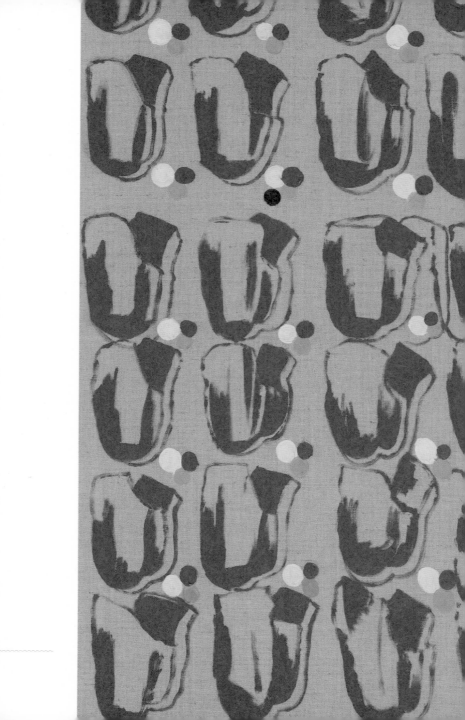

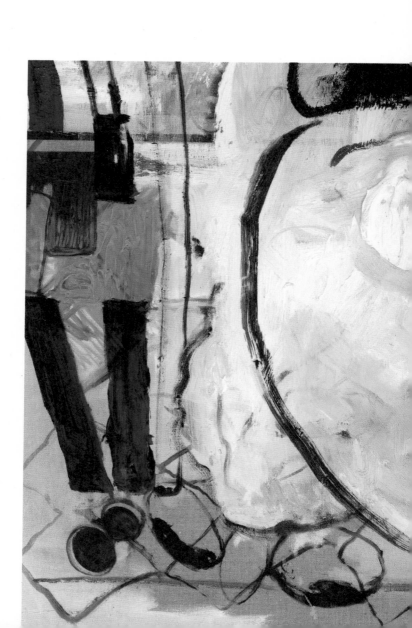

몸(과 소품과 세계)

쟁반 꽃 파이프 확성기 참깨 토마토를 사용하기 위해
몸을 데려올 것 장막을 걷을 것

이주와 노동자 감정과 노동자
관광지와 황무지가 아닌 몸을 위해
소품을 가져올 것 방울을 달 것

서울 찍고 대전 대구 부산 제주에 사는 멋쟁이 할머니
안산 찍고 수원 시흥 화성 부천에 사는 외국인 젊은이

돌았니
돌았어

팔았니
팔았어

소중한 것과 당신이 싫어하는 것 외 136종
아무도 팔지 못하는 것과 누구도 사지 못하는 것을 상상하는
밤을 지나
꼭두새벽부터 염원하기 거룩하게
정화수엔 이슬 한 방울, 단전엔 호흡을 넣고 신이시여—(방울소
리 방울소리)

몸(과 소품과 세계가) 있나이다
정신과 마음이 은거하는 지붕 위에
몸(과 소품과 세계가) 있나이다
정신과 마음이 도망간 마당 위에

바쁘다 바빠 교육과 시장 돌봄과 시장 생명과 시장
인정머리 주변머리 소갈머리 남김없이 다 팔 적에

비나이다 비나이다

무릎을 꿇고
양 손바닥을 계속 맞대면 양손이 서로
밀고 밀린다(그리고 따뜻해) 당신에게 아직
몸(과 소품과 세계가) 있기 때문이다

장면들 2

**

C의 이름이 적힌 전화에 움찔하며 지금이 몇 시인지 확인한다. 끊고 나서도 다시 한 번 확인한다. 무려 두 시간이 지나 있다. 직장 선배인 C는 한번 전화를 하면 보푸라기만큼 사소한 용건으로 시작해 놀랍도록 많은 이야기를 쉴 틈 없이 빠르게 쏟아놓는다. 어느 순간에도 통화를 끝낼 핑계를 찔러 넣을 수가 없다. 그 떠르르한 이야기들은 주로 자신의 일상에 대한 그의 반응과 해석으로, 온갖 시시콜콜한 일들이 희한하고 고민스럽고 특수한 일로 치밀하게 달궈졌다가도 인간이라면 으레 겪을 일로 재빨리 식어버리는데, 그런 순간이면 돌연 C는 마치 자기 일이 아닌 양 냉정한 말투를 사용한다. 나는 마치 C가 군림하는 세계와 아예 태어나지도 않은 세계를 번갈아 듣는 듯한 기분이 든다. 그는 하나의 징검다리를 건너지 않고 옆 다리로, 그 옆 다리로 자꾸만 옮겨 다니며 처음의 다리로 돌아올

생각을 좀처럼 하지 않다가 결국 어느 다리도 건너지 못하고 다리를 다 끊어버린다. 통화를 마치기 직전에야 그는 혹시 나도 털어놓을 이야기가 있는지 슬쩍 물어보고는 황급히 전화를 끊는다. C는 늘 정신이 없어서 통화가 끝나면 다른 일상에 파묻혀 까맣게 방금 전 일을 잊을 듯싶지만 오히려 비상한 기억력으로 어느 한순간도 잊어버리지 않는다. 그렇기 때문에 그에게는 언제나 내게 털어놓을 일이 넘쳐나는 것이다. 수화기 너머 그의 얼굴이 또렷이 그려진다. 그는 삶이라는 가지에 달린 모든 잎의 잎맥을 더듬으려는 사람처럼 종종 눈동자를 바르르 떤다. 나는 그의 머리 곳곳의 나사가 빠지거나 느슨한 것이 아니라, 누군가 너무 세게 조여놓았고 필요 없는 곳에도 박아 넣었다고 생각한다.

**

자유롭기 위해서는 자기 삶의 조건과 환경을 돌봐야 한다. 조건을 부수거나 그로부터 떠나는 일이 곧 자유를 뜻하지는 않는다. 오히려 조건과 능력의 조화를 추구하는 일이 자유로움에 가깝다. 자유는 조건을 애써 지우지도, 집착하지도 않으면서 여유와 능숙함을 누린다. 지난주에 찾은 스페인 출신 안무가의 공연에서 무용수들은 분명 양발에 두 짝의 탭댄스화를 신고 있었다. 누구도 다리가 여덟 개이거나 팔이 네 개가 아니었고 무릎과 골반 사이에 관절이 하나 더 있지도 않았다. 그러나 분위기가 한껏 고조될 무렵 우리

는 그들에게 몇 개나 더 많은 팔과 다리가 있다고 믿게 되었고, 그
들은 자신에게 몸이 있다는 사실조차 더는 알지 못하는 듯 보였다.

**

아침에 출근을 하는데 까마귀가 뒤에서 까악 —, 딱 한 번 크
게 울었다. 울었다고 하려니 이상하다. 새는 웃을 수 없을까? 분명
그 소리는 웃음소리였다. 나는 그 코믹하고 괴괴한 웃음소리에 파
하, 덩달아 웃음이 터져 뒤를 올려다보았다. 까마귀는 보랏빛이 도
는 굵은 부리를 하늘로 치키고 도시를 깔보며 앉아 있었다. 그는 방
금 보이지 않는 베일 한 겹을 걷어냈다. 신사복을 차려입은 마술사
가 성대한 식탁에서 휘릭, 식탁보 한 장만을 능숙하게 빼내듯이, 세
상은 얌전히 제자리에 그대로 있다.

**

전화로는 나를 그토록 두렵게 만드는 C이지만, 그는 일터에서
누구보다 열정이 넘치고 낙천적인 사람이다. 나는 그와 삼 년간 함
께 근무하며 대범함과 치밀함을 모두 가진 사람이 일을 어떻게 하
는지 지켜볼 수 있었다. 그는 일을 두려워하는 법이 없으며, 순진하
다 싶을 정도로 순수하고, 이상적인 목적을 이루기 위해 온갖 일을
도맡는다. 그는 전쟁과 축제를 동시에 그린 벽화 속에서 한 손엔 칼,
다른 한 손엔 폭죽을 쥔 사람처럼 뛰어다닌다. 그런 그가 도무지 승

부를 보지 못하는 장소는 집이고 상대는 가족이다. 그는 두더지잡이 게임의 망치를 잡고 끝없이 불거지는 가족 문제—남편 두더지, 아들 두더지 1·2, 언니 두더지, 시어머니 두더지……—를 잡느라 동분서주하는데 누구도 그가 문제를 해결하고 있다고 생각하지는 않는다. 그리하여 그 명석한 머리와 순진한 가슴에는 무슨 일이 일어나는가? 직장에 오면 그는 쉼 없이 말을 하거나 우물우물 먹거나 눈에 불을 켜고 일을 한다. 소품이 없으면 몸이 달아나기라도 할 것처럼 머리핀부터 귀걸이, 목걸이, 팔찌, 반지, 브로치가 빠짐없이 빛나며, 야외로 나갈 때면 가방에서 스카프와 모자, 선글라스까지 줄줄이 나온다. 어느 하루 C는 내가 운전면허 주행시험을 앞두고 격정을 하자 곧바로 자기 차 운전석에 나를 태우고는 해가 질 때까지 연수를 해주었다. 내가 직장에서 억울한 누명을 써서 두 눈이 뚫리도록 울어야 했을 때는 이리 뛰고 저리 뛰며 도와주었다. 그는 직장의 모든 일이 자신의 일인 듯 매달린 뒤 가장 늦게 퇴근한다. 그는 스르르 잠드는 법이 없다. 매일 총살당하는 사람처럼 침대에 쓰러진다.

**

앵무새는 분명 키득거리기로는 1등인 새이다. 거기다 금강앵무며 코카투앵무, 왕관앵무와 같은 화려한 앵무새는 자청해서 광대 분장이라도 한 듯하다. 누구도 앵무새가 머리와 몸을 출렁이고 긴

발가락을 꼼지락대며 가르랑가르랑 소리를 내는 모습을 보고 운다고 하지 않을 것이다. 앵무새는 장난을 치고, 말하고, '웃는다'. 어제는 몽타주 그리기 수업에서 아이들과 《모비딕》에 나오는 인물을 상상하여 그리기를 했다. 아이들이 한 아이를 둘러싸고 배를 잡고 웃기에 들여다보니, 고래잡이의 어깨 위에 앵무새 한 마리를 그려놓고 저들끼리 우습다고 한참을 돌려보는 게 아닌가. 그림 속에서 앵무새는 발 하나를 들고 영리한 스탠드업 코미디언처럼 눈알을 굴리고 있었다. 아이들도 잘 알고 있듯, 앵무새가 웃긴 이유는 우리를 흉내 내기 때문이다.

**

C는 40대 후반 무렵 라틴댄스를 처음 접했고 그 후로 십 년 가까이 푹 빠져 있다. 그는 내게 살사를 연습하는 자신의 영상을 보여주기도 하고 새로 산 의상을 꺼내 구경시켜주기도 했다. 내가 조금이라도 궁금해하면 별이 쏟아질 것 같은 눈을 하고 스텝을 단계별로 살랑살랑 보여준다. 마지막으로 만났을 때 그는 여행길에 만난 누군가와 비밀스러운 사랑에 빠져 있었다. 듣자 하니 그는 C에 비하면 허접하기 짝이 없는 사람으로 C의 순진무구함과 헌신적인 면모를 알아보고 이용하고 있는 게 분명했다. 그러나 나는 그저 C의 이야기를 열심히 듣는 것이 최선이라는 것을 알기에 잠자코 끄덕이고만 있었다. 나는 그가 내게 보여준 옷을 입고 홀린 듯 춤을 추는

상상을 하면 웃음과 눈물이 동시에 차오른다. 아코디언이나 반도네온, 마라카스와 기타의 합주를 들을 때처럼 말이다. 라틴 악기로 연주하는 음악은 찌르는 듯한 매혹과 해학으로 가슴을 저릿하게 만드는데, 거기엔 현재에 대한 열정을 상기시키는 의지뿐 아니라 과거로 후회와 슬픔을 흘려보내는 처연함이 있다. 나는 탱고, 룸바, 살사, 바차타 등의 남미 춤을 구분하지 못한다. 하지만 그 춤은 홀로 추는 춤이 아니며 댄서가 미소를 잃지 않고 자신의 파트너에게서 눈과 마음을 떼지 않는다는 사실은 안다. 그것은 C가 가장 잘하는 일이다.

**

시인인 친구 G에게 물으니 자유란 '주어진 조건 안에서 내가 좋아하는 일을 하는 것'이다. 사회학자 엄기호는 자유를 누리기 위해서는 기예가 필요하다고 말한다. 조건 지워진 환경 속에서 우리는 어떻게 자유로울 수 있을까. 모든 삶이 자유롭고, 모든 삶이 예술이 될 수 있다면, 그것은 인간이 각자 자기 삶에서 기예를 닦을 수 있기 때문이다. 자유로운 한 인간은 자기 소망과 실망과 허망을 다루는 일에 능숙할 것이다.

C를 마지막으로 만난 게 언제인지 기억나지 않을 정도로 시간이 흘렀다. 형광등을 켜면 눈이 시리고 초를 켜면 눈물이 날 것 같

은 날, 이도 저도 못하는 마음으로 흐린 거리를 걷는다. 근처에 까마귀가 있다. 문득 앵무새 깃털로 꽃을 엮고, 까마귀 깃을 잎처럼 섞어 화병에 꽂아두면 멋진 현대미술이 되겠다는 생각이 든다. 앵무새가 우스꽝스럽고 사랑스러운 이유는 우리 앞에서 웃기 때문이다. 까마귀가 멋지고 음산한 이유는 우리 뒤에서 웃기 때문이다. 내가 만든 화병을 보면 그들은 앞뒤에서 낄낄낄 깍깍깍 웃어대겠지. 그들에게 인간은 코미디언이다.

몸몸몸

어떤 몸들은 좋은 대우를 받는다.

그 외에 다른 몸은 망연자실하여, 버려진 채로, 자기 혐오로 가득 차 살아간다.

양쪽 다 도둑맞은 것이다.

_일라이 클레어,《망명과 자긍심》

"나를 사랑해야 한다. 나를 잘 대접해야 한다. 나는 소중하니까." 이런 말을 접하면 한편으론 서글프다. 우리에게 자기애가 부족하다는 걸까? 오히려 사람들은 자신의 행복과 불행을 들여다보는 일 외에는 도통 관심도 여유도 없어 보이는데 말이다.

화면 속에서 윤이 나는 모발이 탐스럽게 일렁인다. 고급 샴푸는 단지 상품이 아닌 위로나 자기 배려의 기술이다. 매일 은밀한 위장품들이 도시의 눈꺼풀 위로 향기롭게 분사된다. "당신은 특별해요, 당신을 아끼세요." 주로 광고를 통해 발화되고 사람들의 대화나 강연, 그리고 일부 책 사이로 흘러다니는 이 메시지는 부드럽게 반짝이면서도 발신자에게 어떠한 책임도 지우지 않는다. 대신 모호한 의무가 수신자에게 전달된다. 자기 계발의 명사들과 공장들은 앞다퉈 이 공허한 구름 같은 말을 이해하기 쉽도록 상품으로 찍어낸다.

따라서 '나'들은 나를 아끼고 사랑하기 위해 향초와 두피 샴푸를 사고 요가 워크숍에 등록한다. 나를 사랑하기 위해 보디 프로필을 찍고, 고급 디저트를 먹고, 마라톤 대회에 나가고, 미술관에 간다. 타인을 사랑하려면 자기 자신부터 사랑해야 하지 않겠는가. 나의 삶은 내가 나의 욕구를 어떻게 대우해주는가, 얼마나 잘 먹이고 입히는가에 따라 평가되는 것이다. 하지만 어쩐지 미심쩍다. 여전히 마음은 허름하고 허전하기 때문이다. 나를 위할수록, 내게 취향과 위로라는 이름의 행위를 덧입힐수록 정말 내 존재가 나와 타인들에게 편안해지는 걸까?

자기 돌봄의 요구를 가장 적나라하게 받아내야 하는 현장은 무엇보다 우리의 몸이다. 우리는 어떤 몸이 건강한 몸인지, 어떤 몸이 활력 있고 반듯하며 아름다운 몸인지에 대해 끊임없는 정보와 시선을 주고받으며 이를 기준으로 우리 몸의 좌표를 측정한다. 좌표의 축은 갈수록 정교해지고 촘촘해진다. 풍성한 모발, 또렷한 턱선, C자형 목, 일자 어깨, 탄력 있는 아랫배, 균일한 색의 피부……

그러나 어린이는 자신의 몸에 그런 종류의 관심이 없다. 어린이는 세상에 관심이 있다. 그들의 몸은 세상의 일부이고, 세상에 대한 호기심이 어린이를 풍요롭게 한다. 어린이는 자기 욕구에 따라 행동하지만, 자신에게 잘해준다거나 스스로를 사랑한다고 의식하지 않는다. 몸과 싸우지 않으므로 몸과 화해할 일도 없다.

내가 미술 교사로 근무하는 중학교에서 갓 입학한 1학년 아이들은 아직 어린이 태가 난다. 하루는 1학년들과 운동장에서 철봉을 하다가 그들의 몸이 뿜어내는 유연함과 개방성에 감동하고 말았다. 아이들의 유연성은 단지 뼈와 근육의 물리적인 부드러움이 아니었다. 뭐랄까, 그것은 몸과 마음의 나란함에 가까웠다. 나는 그들의 몸과 움직임에서 희미한 평화로움을 엿보았다. 그 평화로움은 어린아이 시절의 흔적이었다. 몸과 자신이 분리되지 않은, 시선과 자본의 영토가 되기 전의 자유롭고 고유한 몸, 그 자체로 조화로운 몸이었다. 누가 어린이의 천진한 움직임을 보며 속박을, 납처럼 가라앉는 존재의 무게를 느끼겠는가? 슬프게도 나는 열여섯 살 3학년 아이들에게서 그와 같은 몸의 평화로움을 느낀 적이 없다. 2차 성징을 통과하며 그들은 자신의 몸을 세상과 자기 자신 양쪽으로부터 소외시키는 차가운 시선을 갖는다. 그리고 '어떠한' 몸을 가진 자로

서 자신을 정의하고 스스로를 평가하게 된다. 기이익, 세상을 향하던 렌즈 하나가 자신 쪽으로 방향을 돌리고, 몸은 감탄하거나 극복하기 위한 과제가 된다.

**

현대무용을 접하며 가장 낯설면서도 신기했던 점 하나는, 무대 위의 다양한 몸이었다. 현대무용에는 '무용수라면 어떤 몸이어야 한다'는 보편적인 기준이 없어 보였다. 작품과 무용단에 따라 각양각색의 개인과 몸이 있을 뿐, 무대 위에서 어떤 몸도 소외되지 않는다. 어느 해 아르코예술극장에서 본 무용 공연의 팸플릿에는 "이번 작품의 무용수로는 잘 달리는 사람, 잘 노래하는 사람을 원했다"라는 안무가의 말이 실려 있었다. 잘 달리고, 잘 노래한다니? 그런 식으로 무용수를 뽑는 작품도 있나? 그러나 나는 도깨비불에 홀린 듯 그 공연을 보았고 이듬해에는 그 안무가의 다른 작품을 보러 갔다. 〈곰에서 왕으로〉✦라는 작품이었다. 세 명의 무용수가 나왔는데 체형과 키와 피부색이 모두 제각각이었다. 나는 그 작품에 푹 빠진 나머지 동명의 제목으로 시를 두 편 썼다. 만일 그 안무에 열 명, 스무 명의 몸이 더해지더라도 누구도 '메인'과 '서브'로 분류되지 않을 것이다. 그들은 모두 햄릿이고, 춘향이고, 행인 1, 행인 2, 행인 3이다.

✦　공영선 안무, 2018.

현대무용은 주연과 조연이 딱히 없고, 무용수 간의 위계가 없다. 작품을 만드는 과정에도 안무가와 무용수들은 지속적으로 교류하며 움직임을 함께 발견해나간다. 클래식 발레에는 이상적인 신체에 대한 규준이 공고하고, 코리페coryphée-드미 솔리스트demi-solist-솔리스트solist-수석 무용수principal dancer와 같은 엄격한 서열과 그에 따른 비중과 역할이 명확하다.

2000년대 이후 안은미의 작품에는 무용수로 저신장 장애인, 할머니, 시각장애인, 고등학생 등이 그야말로 와르르 등장했다. 그들은 자신이 속한 집단을 대표하거나 한계를 극복하는 드라마를 보여주기 위해서가 아니라, 그들 자신을 보여주러 나왔다. 저신장 장애인인 김범진, 김유남은 고유한 운동성과 자신만의 길이로 표현할 수 있는 리듬과 힘, 속도를 보여주었다. 또 봉세호 할머니와 옥정자 할머니는 질곡의 근현대사를 살아낸 신체가 풀어내는 몸짓과 리듬을 보여주었다. 온전하고 순수한 몸이란 개념은 환상에 불과하다. 모든 몸은 자신이 거친 사회와 역사를 응축하고 있으며 젊고 건강한 신체란 일시적이고 불완전하다. 〈대심 땐스〉(저신장 장애인), 〈조상님께 바치는 댄스〉(할머니), 〈안심 땐스〉(시각장애인), 〈사심 없는 땐스〉(고등학생), 〈안은미의 1분 59초 프로젝트〉(그 누구나)는 그 사실을 흥겹고 시큰하게 전달한다. 눈과 명치가 뻥 시원해진다. 무대 밖의 몸들이 보여주는 가능 세계 덕분에. 몸이 그대로의 몸으로 존재하는 세계. 몸과 나, 몸과 세계가 조건 없이 조화를 이루는 세계.

**

   삶이 조화로운 사람은 오히려 자신을 가꾸고 돌보는 데 무신경해 보인다. 그들은 특별히 자신을 돋보이게 하려거나 결함을 감추려고 하지 않으면서도 자신을 살피고 충분히 평화롭다. 자신에게 무엇이 가장 좋은지 알고, 기꺼이 그것을 선택하기 때문이다. 그것은 자본을 얼마나 가졌느냐와 상관없다. 마치 아이들처럼, 그들의 시선은 '나'라는 거울 궁전에서 쳇바퀴 돌지 않으며 오직 세계를 흥미롭게 향해하고 자신을 열어 세상을 비춘다. 그런 의미에서 자아존중감을 높여주고자 아이들에게 자주 해주는 "너는 소중해. 너는 특별해"란 말은 퍽 거추장스러우며 불필요한 말이다. 아이들은 자신이 소중하다는 것을 말로 배워야 하는 존재가 아니라 느껴야 하는 존재이며, 특별하다는 만족감보다는 자신에 대한 수용이 앞서야 하기 때문이다. 가치판단 없이 있는 그대로 서로의 몸을 대하는 것이 가장 좋은 방법이 아닐까. 그러나 나의 몸이 한없이 부끄러운 어른, 매일 상품과 상품 사이에서, 비교와 자책 사이에서 방황하는 어른, 나를 채워 타인의 부러움을 얻고 싶은 어른은 어떻게 해야 할까?

   두 가지 제안.

   첫째, 몸과 마음을 열어주는 좋은 예술 만나기. 문학, 영화, 무용, 연극, 음악과 미술.

둘째, 우리가 자연의 일부라는 것을 잊지 않기. 참새와 나방, 벚나무와 고양이, 바람과 강과 산과 바다와 나.

좋은 예술은 깊은 상처를 남기듯 우리에게 지금과는 다른 모습으로 살아가야만 할 것 같은 열망을 안겨준다. 자연은 모든 존재에 깃든 심연과 신비로움을 알아차리도록 우리의 인식과 감각을 확장시켜준다. 결국 이 두 가지는 결코 파편이 될 수 없는 나라는 우주적 존재에 대한 신뢰를 회복시켜주는 것이다.

드라마 〈애나 만들기〉에서 주인공인 기자 비비안은 몇 달간 죽기 살기로 매달린 희대의 사기꾼, 부유해지고 유명해지고자 거짓과 방탕을 일삼은 애나 델비에 대한 취재 기사를 끝냄과 동시에 양수가 터져 아기를 낳으러 간다. 침상에서 혼신의 힘으로 아기를 낳던 비비안은 마지막 호흡을 몰아쉬며 외친다.

I'm not special!!!(나는 특별하지 않아!!!)

이 외침이야말로 그가 영혼을 쏟아부으며 매달렸던 취재가 그에게 준 값진 가르침이었다. 이 말이 오래 묵은 나의 답답함을 해소해주었다. 우리는 각자 고유하며 특이성을 갖는다. 그러나 그 사실이 반드시 우리가 특별하고 우수해야 한다는 것을 의미하지는 않는다(특별과 우수는 언제나 '남'과 '보편'을 조건으로 하므로 의존적이다).

그럴 필요가 없기 때문이다. 자신을 향한 시선을 거두고 편안해지기. 세상과 타자의 아름다움을 기꺼이 환영하고 축원하기. 자연과 예술은 언제나 우리의 훌륭한 스승이다. 언젠가 나는 나의 특별함이 아니라 내가 세계와 연결되어 있다는 충일한 느낌 속에서 죽고 싶다. 그 편이 더 안식과 가깝지 않을까.

강강술래와 에어로빅

여울에 몰린 은어銀魚 떼.

삐비꽃 손들이 둘레를 짜면
달무리가 비잉빙 돈다.

가아응 가아응 수우워얼래에
목을 빼면 설움이 솟고……

백장미白薔薇 밭에
공작孔雀이 취했다.

뛰자 뛰자 뛰어나 보자.
강강술래.

_이동주, 〈강강술래〉

국어 교과서 수록시를 살펴보다 이동주의 〈강강술래〉에서 눈이 멎는다. 삽화에서 한가위 달 아래 한복을 입고 손을 맞잡은 여자들이 땋은 머리를 휘날린다. 나 어릴 적엔 '강강술래'보다 '강강수월래'가 익숙했다. 초등학교 음악 시간에 배운 후 여자 친구들끼리 모여 둥글게 둥글게 손을 잡고 돌던 기억이 떠오른다. 강강수월래~ 강강수월래~ 네다섯이 손을 잡고 돌기 시작하면 저절로 배시시 웃음이 났다. 단순한 동작과 가사이지만 회전이 빨라지며 점점 고조되는 긴장과 서로의 몸과 몸이 연결되어 에너지를 나누고 있다는 느낌이 짜릿했다. 돌다보면 어느덧 속도를 이기지 못해 어질어질한 채로 깔깔깔 대형이 흩어지곤 했다.

그때의 강강술래는 춤이라기보다 놀이였다. 본격적으로 한복을 입고 친구들과 손을 잡았던 것은 부채춤을 출 때였다. 그러나 운동회 날 추었던 부채춤은 재미보다 역경에 가까웠다. 부채춤 교육을 맡았던 우리 담임 선생님은 6학년 여학생 전체를 모아 운동회 몇 주 전부터 집중 훈련을 시켰다. 그늘 없는 운동장에서 부채춤 익히기는 고난의 연속이었다. 운동회 날 우리는 줄다리기와 박 터트리기, 달리기와 각종 경연 종목 사이로 허겁지겁 체육복을 벗고 버스럭대는 한복으로 갈아입었다. 뺨에는 연지 곤지 빨간 점을 붙이고

요란한 장식의 족두리도 썼다. 우리는 작은 원과 큰 원을 수시로 만들었지만 서로의 눈이 아니라 부채 끝을 바라봐야 했다. 부채춤은 원 바깥을 향한 춤, 감상자의 즐거움을 위한 춤이 아닌가. 우리는 그날 우리의 재능을 펼친 것이 아니라 어떤 규범과 이상을 구현하는 데 동원된 것이다. 지금도 운동회 날 고학년 여학생들이 부채춤을 출까? 어수룩한 모범생이었던 나는 불평은커녕 마지막 순간까지 부채의 정렬을 위해 애썼다.

일 년 뒤 중학교에 올라간 나와 친구들은 얼떨떨하게도 다시 여학생이라는 범주로 묶여 단체로 춤 공연을 해야 했다. 공연이자 경연 대회였는데 체육대회 날 1학년 여학생들이 에어로빅을 선보이는, 지금 생각하면 다소 희한한 순서가 있었기 때문이다. 체육대회 준비 기간 동안 남학생들은 농구와 축구로, 여학생들은 에어로빅으로 반 대항 토너먼트를 펼쳤다. 지금은 가르치는 곳을 찾아보기 어렵지만 90년대에 에어로빅은 소위 '미용체조'로서 다이어트와 건강 증진을 목표하는 성인 여성들 사이에서 인기를 끌었다. 나는 우리 반 여학생 회장이었지만 무대 체질도 아닌 데다 허수아비 회장이나 마찬가지여서 별 지도력을 발휘하지 못하고 근심만 가득했다. 다행히 몇몇이 나서준 덕에 안무가 정해졌고 점심시간이며 쉬는 시간, 방과 후에도 남아서 대형을 맞추고 동작을 외웠다. 명색이 대회이다보니 담임 선생님 사이에도 은근한 경쟁심이 일었는데, 하루는 옆 반 선생님이 수업 중에 우리 반 에어로빅 준비가 잘되어가는지 궁금하다며 한번 추어보라는 것이 아닌가. 우리는 며칠 뒤 그 반과 예선을 치르기로 되어 있었다. 별안간 우리는 의자와 책상을 앞으로 밀어놓고 선생님과 남학생들이 멀뚱하게 바라보는 가운데 에어로빅을 했다. 춤을 추는 내내 어디에 시선을 둬야 할지 몰라 헤맸다. 예선에서 우리는 그 선생님 반을 이겼지만 그다음 반과의 대결에서는 떨어졌다. 아쉬운 내색은 했으나 속으로는 퍽 안도했다. 준결승과 결승까지 운동장에서 춤을 추고 싶지는 않았기 때문이다.

뇌누리에 테이프가 감긴다.
열두 발 상모가 마구 돈다.

달빛이 배이면 술보다 독한 것.

기폭旗幅이 찢어진다.
갈대가 스러진다.

강강술래.
강강술래.

_〈강강술래〉

땋은 머리를 휘이 든 채로 빙빙 도는 데 몰입한 처녀들을 생각
하니 18세기 외딴 섬을 배경으로 그려진 영화 〈타오르는 여인의 초
상〉의 한 장면이 떠오른다. 어둑어둑한 언덕배기 덤불 사이로 여자
들이 삼삼오오 모여든다. 한동안 모닥불을 피워두고 소곤소곤 대화
를 나누던 여자들의 눈이 반짝거리더니 마치 다른 차원에서 흘러
나온 음색처럼 목소리를 겹쳐 아카펠라를 부르기 시작한다. 섬이라
는 물리적 공간과 여성이라는 사회적 공간에 갇힌 이 여성들의 노
래는 점차 주술적인 환희의 순간으로 나아간다. 그렇게 비밀스러운
동시에 힘과 울분, 희망과 의지를 공유하는 여성들만의 축제가 완
성된다.

휘영청한 달 아래 빙빙 돌며 부르는 강강술래는 어떤가. 옛날
농촌의 젊은 여성들은 큰 소리로 노래를 부르거나 밤에 외출하는
것이 허용되지 않았다. 춤을 추는 것은 말할 것도 없다. 그런데 추석
날 밤이면 여자들이 널따란 들판에 모여 손을 잡고 치맛자락을 날
리며 춤을 출 수 있었던 것이다. 누군가 선창을 하면 나머지가 뒷소
리를 한다. 선창을 하는 이가 빠르기를 정하고 나머지는 이에 화답
하며 춤을 지속한다. 강강술래의 흥겨움이 달아오르면 달이 뜨는
초저녁부터 달이 질 때까지 춤추기가 이어졌다고 하니 여성들에게
는 얼마나 큰 해방감과 짜릿함, 카타르시스를 주었을까! 여자들이
손을 잡고 회전한다. 그 원은 그들만으로 온전하고, 자신의 맞은편

에는 관중이 아닌 서로가 있다. 도는 사람도 보는 사람도 호흡과 감각이 빨려 들어가다 마침내 "기폭이 찢어지고 갈대가 스러진다".

그해 에어로빅 경연에서 우승한 반은 1학년 6반이었다. 그 반의 여학생들은 감탄이 나올 정도로 대단한 '칼군무'를 선보였다. 단한 명도 설렁설렁 시늉만 하는 아이가 없었을뿐더러 거의 사력을 다해 춤을 추었다. 그러나 우리는 모두 6반이 잘할 수밖에 없는 이유를 알고 있었다. 그 반에는 대단한 성미의 전교 일진 J가 있었기 때문이다. 동년배 누구도 대적할 수 없었으며 선배들조차 두려워하는 J가 6반의 에어로빅을 진두지휘했고, 아이들은 치약 광고의 모델처럼 입꼬리를 고정한 채 한 명도 빠짐없이 치어리더만큼 완벽한 동작을 보여준 것이다.

그날의 부채춤과 에어로빅을 그리워하는("아, 또 하고 싶다!") 아이는 단언컨대 한 명도 없으리라. 당연한 결과가 아닐까. 이 춤은 춤추는 우리들의 즐거움을 목적으로 하지 않았기 때문이다(대신 단합과 협동심, 관객을 위한 수준 높은 공연이 요구되었다). 무엇보다 내 앨범의 부채춤 단체 사진 속엔 찌푸린 아이는 있어도 웃고 있는 아이는 한 명도 없다. 차라리 우리가 강강수월래를 하거나, 두 줄로 둥글게 포크댄스를 췄다면 어땠을까? 그러니까 서로를 바라보고 춤을 추었다면 말이다. 일치감과 연대감은 덤이고, 추는 이는 물론 보는 이도 즐겁지 않았을까? 시인 이동주는 강강술래를 하는 여자들을 홀린 듯 바라보다 깃발이 찢어지는 소리를 듣지 않았는가(혹시 그 소리가 두려운가?).

무리의 포즈

공연이 시작하는 순간에도 직장 동료와 소통 불화로 생긴 문제가 머리를 떠나지 않았다. 속상하고 억울하고 분한 데다 불안까지 더해 집채만 한 쌀가마니가 가슴을 꽉 짓누르는 기분이었다. 마침 무대 위에도 어느 교실 바닥만큼이나 크고 육중한 나무판이 공연 시작부터 끝까지 공중에 걸린 채 오르내리기를 반복하고 있었다. 프랑스 안무가인 요안 부르주아의 〈기울어진 사람들〉이었다. 격자무늬가 지워진 거대한 체스판을 닮은 이 구조물이 얼마나 변화무쌍하게 움직이는지, 무대장치라기보다 무용수 다섯에 더해 여섯번째 무용수라고 봐야 할 정도였다.

이 대형 나무판자는 공중에서 위아래로 움직일 뿐만 아니라 뒤틀렸다 펴지고, 붕붕 공간을 무시무시하게 가로지르며 진자운동을 하거나 턴테이블처럼 빠르게 회전하기까지 했다. 무용수 다섯은 체스판 위의 말처럼 이리저리 흩어졌다 모이며 판자 위에서 떨어지지 않으려 애썼는데, 가장자리를 붙잡고 공중에 대롱대롱 매달렸을 때에는 보는 내 손이 땀으로 축축해지고 말았다. 무용수들의 움직임은 춤이라기보다 판자에 대한 대응이나 묘기에 가까웠고, 사각의 거대한 판자는 마치 우주의 질서이자 이 세상의 근원인 것처럼 무대를 지배하고 있었다.

판자 위에서 무용수들은 그야말로 기울어진 사람들이었다. 그들은 다빈치의 〈미켈란젤로〉처럼 결연한 단독자도 아니고, 로댕의 〈칼레의 시민〉처럼 꼿꼿한 영웅들도 아니었다. 그들은 끊임없이 움직이는 세계 위에서 균형점을 찾기 위해 서로의 위치에 촉각을 세우고 쉼 없이 사방을 살피는 익명의 인물들이었다. 몸을 붙이거나 떨어뜨려 서로의 거리를 조절하고 몸을 접어 사람들 안에 자신을 배치하면서 그들은 침범과 불안을 껴안았다.

나는 공연 중에도 직장일에 대한 생각을 쉬이 쫓아버릴 수가 없었다. 오히려 그 때문에 공연에 과몰입하고 말았는데, 육중한 나무판자에 쫓기듯 움직이는 무용수들이 내 모습이나 다름없어 보였기 때문이다. 어휴, 먹고사는 일이 어쩜 이렇게 고달플까, 끙 앓듯이 한숨이 새어나왔다. 내적 평온과 달콤한 고독이란 멀고 먼 얘기일 뿐. 가엾고 애달프구나, 네 신세, 내 신세여!

내 한숨과 상관없이 바닥에 내려앉은 나무판은 고요 속에서 천천히 회전하기 시작했다. 딱한 무용수 다섯은 회전이 빨라지는 판자 위에서 걷고 서고 달리기를 반복하더니, 서로를 확인하며 눈빛을 교환하기 시작했다. 그들은 슬금슬금 가까이 모여들어 무릎과 어깨를 빌리고 등과 머리를 맞대며 팔을 뻗어 서로의 손을 움켜잡았다. 마침내 가장 끝에 선 무용수가 우아하게 가장자리 밖으로 몸을 쭉 뻗었고, 빠른 회전 속에도 쏟아지지 않는 양동이의 물처럼 흩어지지 않는 팽팽한 포즈가 완성되었을 때, 공동의 고독과 긴 인내의 시간이 찾아왔다. 나는 그들만의 가뿐함과 자유로움이 얼굴 위로 작은 눈송이처럼 내려앉는 것을 보고 그만 눈물이 핑 돌고 말았다.

갸륵하다.

객석을 감동시킨 것은 아름다움과 다른 무엇이었고, 나는 그것이 거스를 수 없는 조건을 살아내는 모든 인간의 갸륵함이라고 생각했다. 회전하는 나무판이 일으키는 소리 외에는 정적이 흘렀고, 이윽고 달콤한 선율—프랭크 시나트라의 〈My Way〉—이 실뱀처럼 모두를 휘감았다. 무용수들은 회전체 위에서 버티고 있었음에도, 최선의 경지에서 맞닥뜨린 평온을 음미하는 사람들처럼 보였다. 그들은 자신이 처한 세계에서 프로였다. 어느새 슬며시 위치와 자세가 바뀌며 물 흐르듯 다섯의 포즈가 변화하고 있었다.

놀이 하나가 떠올랐다. 내 마음대로 부르자면 '몸말 잇기' 놀이로, 어느 봄날 찾은 현대무용 워크숍에서 나와 열두 명 남짓의 수강생들이 했던 놀이 중 하나였다. 먼저 스튜디오 가운데를 무대처럼 텅 비워둔 뒤, 모두 그 안을 바라본다. 그러다 어느 한 명이 저벅저벅 들어가 마음 내키는 자세 하나를 취한다. 바닥에 얌전히 눕기도 하고, 테이블처럼 엎드리기도 한다. 그러면 남은 사람들은 그 자세에 응답하듯 한 명씩 차례로 들어가 앞사람의 자세에 새로운 자세를 켜켜이 덧붙인다. 앞서 엎드린 사람의 어깨에 왼발을 올린 채 손으로 자기 눈을 가리거나, 혼자 훌쩍 떨어진 곳에서 만세 동작을 하는 식으로. 포즈가 하나씩 쌓이면서 집단의 표정과 이야기가 생겨난다. 마치 한 문장씩 이어 한 편의 손바닥 소설을 쓰는 일처럼 말이다. 대기자들은 집단의 표정 안에 자신을 어떻게 배치하느냐에 따라 특정 연출을 강화할 수도, 반전을 만들어낼 수도 있다. 이 놀이는 열 명에서 끝이 날 수도, 일곱 명에서 끝이 날 수도 있는데, 대기자 중 누구라도 무대 안으로 들어가는 대신 먼저 만들어진 포즈에서 연상된 제목을 크게 외치면—"이혼 소송!"—끝이 나기 때문이다. 와하하, 어떤 제목이 나오더라도 왁자한 웃음이 터진다. 우르르 포즈를 풀고 나와 가운데 공간을 비우고 서면 다시 놀이가 시작된다. 이것이 몸말 잇기다.

나는 그 놀이가 무척 흥미로웠다. 어디에 어떤 포즈로 나를 집어넣을까 고민하는 것도 재밌었지만, 무엇보다 사람들이 만들어놓은 구성이 오래 바라보고 싶을 정도로 낯설고 아름다웠기 때문이다. 놀이 중에 진지한 고민에 빠졌다. 초반부터 무대 안으로 들어가 버리면, 전체 모습을 볼 수 없다. 참여도 하고 싶지만, 끝까지 대기자로 남아 사람들이 만들어낸 구성에 제목을 붙여보고도 싶었다.

〈기울어진 사람들〉의 원제는 'Celui Qui Tombe'로, 떨어지는 사람이라는 뜻이다. 구르고 달리던 다섯 무용수는 공연 후반부엔 판자 가장자리에 대롱대롱 매달린 채 그럴싸한 화음을 넣어 노래까지 부르더니, 이윽고 하나, 둘 바닥으로 떨어졌다. 마지막까지 버티던 한 사람마저 풀썩 떨어지자 암전, 공연이 끝났다. 아! 관객들의 짧은 탄식에 이어 긴 박수가 터져나왔다.

나는 여전히 서먹한 긴장이 흐르는 가운데 그 동료와 함께 일한다. 내가 부탁한 일을 그가 엉뚱하게 알아들어 전혀 다른 방향으로 일이 진행되기도 하고, 그가 순수한 마음으로 소탈하게 말한 것을 내가 복잡하게 알아듣고 불필요한 행동을 하기도 한다. 서로 자기가 한 일을 상대방이 넉넉히 알아봐주기를 바라지만, 상대방이 빠뜨릴 수 있는 일을 말없이 챙기고 서로의 노고를 격려하기도 하면서. 우리는 매일 반복되는 직장 생활이라는 회전체 위에서 살아내기 위해 서로에 대한 신뢰가 필요하고, 그 신뢰와 존중이 아슬아슬한 관계에 균형을 만든다.

공연이 끝나고, 커튼콜에 열렬한 박수를 보내다 불쑥 나와 내 동료들이 교무실에서 몸말 잇기 놀이를 한다면 어떤 자세를 만들어 낼지, 어떤 제목을 붙일 수 있을지 궁금했다. 그들도 나와 같은 환경에서, 비슷한 경험과 닮은 고민 속에 돌고 돈다는 사실이 새삼스럽게 깨달음으로 다가왔다. 비관하든 낙관하든 우리에겐 숙명처럼 살아내야 하는 삶의 조건과 해야 할 일이 있다. 가만히 누워 아무 일도 하지 않고, 누구에게 어떤 이름과 직함으로도 불리지 않은 순간에도 말이다. 그 순간에도 우리는 나와 세계 사이에서, 나와 타자들 사이에서 끊임없이 균형을 이루고 연결감을 느끼려 하기 때문이다. 그 모습에 제목을 붙여주는 일이 예술의 일일지도 모른다.

공연은 끝났다. 갸륵한 균형 잡기에 보낸 응원의 박수 소리를 마음에 켜둔 채로 뚜벅뚜벅 로비를 걸어 나왔다.

무엇을 입을까 1

나는 옷이 가문 집에서 자랐다. 우리 네 식구 중 그렇게 생각하는 사람은 오직 나뿐이었으니 더욱 그렇게 느끼며 살았음은 물론이다. 검소한 내 부모님에게 옷이란 날씨와 상황에 맞게 걸치는 직물 정도였으며, 좋은 옷이란 곧 튼튼한 옷이었다. 동생은 어떤가. 공돈이 생기면 고스란히 저축하는 데다 조금이라도 튀어 보이는 치장이라면 거북해하는 성향은 예나 지금이나 한결같다. 하지만 나는 시각이 무척 예민한 데다 멋진 색과 형의 탐스러움에 마음을 곧잘 빼앗기고 아름다움을 열렬히 흠모하는 아이였다. 내 기억 속에 엄마가 사온 화사한 새 의복이란 오로지 내복이었는데, 엄마는 내복을 김치만큼, 목숨만큼 중요하게 여겼다. 평소 우리 자매가 입고 다닌 그 수수한 일상복들은 어디서 왔을까? 그 옷들은 밥상 위의 상추와 고추처럼 누가 우리 서랍장에 심어서 철마다 수확한 듯 느껴질 정도로, 키가 자란 내 발목과 손목이 옷깃 아래로 삐죽 나올 때

쯤이면 자연스레 엄마 손에 들려 나왔다. 이따금 특이하거나 멋스러운 옷은 사촌언니에게 물려받은 옷이었고, 그 외의 옷들은 모두 시장에서 구했다. 대형 마트가 생기기 전이었고, 동네에 백화점에 가는 버스가 서긴 했지만 백화점은 그 버스를 타고도 사오십 분은 족히 걸리는 먼 곳에 있었다. 무엇보다 우리에게 백화점에서 생필품을 사는 일은 주인공이 "네, 개포동입니다~"라며 집 전화를 받는 주말 드라마에서나 있을 법한 일로 여겨졌다.

옷장 속엔 내 떠들썩한 판타지와는 거리가 먼 옷이 대부분이었지만 나는 카랑카랑하게 욕구를 드러내거나("나 예쁜 옷 사줘!") 푸념을 늘어놓는("우리 집엔 입고 싶은 옷이 하나도 없어……") 아이는 아니었다. 어른들 눈엔 일찍 철이 든 덩치 큰 맏이였던 나는 열한 살이 되면서 부모의 미의식과 경제관념을 대강 헤아리게 되었고 갈수록 집에서 말수가 적어졌다. 옷뿐이었겠는가. 그즈음 나는 나를 둘러싼 의식주—벽지와 장롱부터 머리 고무줄, 도시락 가방과 반찬 구성까지—에 대해 그저 묵묵하기로 했다. 나는 더 이상 부모의 세계와 내 세계에 균열이 있다는 점이 어리둥절하지 않았다. 대신 손끝으로 조용히 그 균열을 더듬어보며 은밀한 슬픔을 느끼게 되었다.

그렇다고 멋진 옷을 입고 싶다는 욕구가 그대로 꺼질 리는 없었다. 초등학교 졸업 앨범을 펼쳐보면 단체 사진 속 맨 뒷줄 끝에 선 나는 유난히 성숙해 보이는 모양새를 하고 발목까지 오는 코코아색

얇은 모직 싱글코트를 입고 있는데, 그 코트는 엄마가 가진 옷 중 가장 좋은 옷으로 결혼을 앞두고 양장점에서 쓰리피스 정장과 함께 맞추었던 옷이다. 코트와 동일한 옷감의 싸개 단추와 카라 부분의 가죽 트리밍이 열세 살 내 눈에도 굉장히 근사해 보였다. 동생과 나를 낳고 살이 붙은 엄마는 그런 옷이 있다는 사실조차 잊은 채 십 년이 넘도록 지내온 듯했는데, 촬영 날 아침 내가 그 코트를 입겠다며 꺼내들자 가족들이 무척 황당해했음은 물론이다. 하지만 새 옷을 사달라는 것도 아니지 않은가. 6학년에 접어들며 내 키는 엄마 키와 성큼 비슷해졌다. 결국 남사스럽다는 부모님의 타박을 뒤로 흘리고 그 옷을 입고 학교에 간 나는 앞줄에 앉아 웃고 있는 다른 아이들에 비하면 마치 보조 교사 같은 모습으로 단체 사진을 찍었다. 그 후로도 나는 그 옷을 각별하게 생각하여 독립할 때 엄마 집에서 가지고 나왔고, 지금도 특별한 날에만 조심스레 꺼내 입는다.

그러므로 너희는 '무엇을 먹을까?', '무엇을 마실까?', '무엇을 차려입을까?' 하며 걱정하지 마라.

_마태복음 6장 31절

중학 생활 내내 주일학교를 다니며 가톨릭 교리를 배웠지만, 얄궂게도 성당 활동을 열심히 할수록 되려 무엇을 입을지에 대한 걱정은 커지기만 했다. 오히려 옷 걱정이야말로 10대 시절의 내 정체성을 만들어가는 한 걸음이나 마찬가지였는데, 내게 옷 입기란 주어진 자원을 최대로 활용해 새로움과 아름다움을 성취해내는 일이었기 때문이다. 당시 내게 최고의 덕은 조형미였고 그 대상은 나 자신이었다. 그러나 나의 가정과 성당은 외면의 아름다움을 중요한 가치로 삼지 않았다. 우리 가족은 실용성과 경제성을, 구약성경은 신에 대한 겸손을, 신약성경은 이웃에 대한 사랑을 가장 중요한 덕목으로 삼았는데, 양쪽 모두 청빈, 절제, 경건, 금욕과 같은 단어와 친한 가치들이었다. 이때만큼 무엇을 입을지에 대한 고민이 치열했고, 즐거운만큼이나 괴로웠던 적은 없으리라. 그렇지 않은가. 사춘기 특유의 '상상의 청중'이 늘 나를 쳐다보고 있는데(무엇보다 좋아하는 성당 오빠를 매주 마주해야 했다), 보호자의 원조 없이는 쇼핑이란 처음부터 불가능한 처지였고 나를 둘러싼 가장 중요한 두 세계가 외양을 드러내고 뽐내는 아름다움에 대한 내 환상과 욕망을 지극히 멀리했기 때문이다.

아름답고 싶지만 검소해야 했던 내가 자주 집어든 옷은 아빠 옷이었다. 나는 옷장을 뒤져 아빠의 연보라색 보카시 스웨터와 빨간색 블루종과 같은 옷들을 꺼내 입고 나갔다. 세탁기로 빨래하는 내 옷들보다 세탁소에서 드라이클리닝을 해야 하는 어른 옷, 울이나 실크가 들어간 그런 옷들이 품질이 좋아 보였고 남성복의 색감과 조직에서 나름의 품위를 느꼈다. 무엇보다 아빠 옷은 어깨며 가슴둘레, 소매 기장이 컸기 때문에 내가 입으면 흥건하게 넘친 듯 여유 있는 실루엣이 생겼고, 그 모습이 퍽 마음에 들었다. 옷뿐인가, 몰래 양말이며 손수건까지 아빠 옷장에서 가져갔다. 어느 날은 못 보던 점퍼가 옷걸이에 걸린 것을 보았는데, 전기 감리 기술자인 아빠가 현장에 나갈 때 입던 밝은 회색의 작업 점퍼였다. 눈이 번쩍 뜨였다. 회사 로고가 가슴께와 팔뚝에 덩그러니 박혀 있었지만 상관없었다. 베이지색 면바지를 꺼내 입고 점퍼를 걸친 채 거울 앞에 섰다. 거울 속 나는 엉뚱하면서도 재치 있고, 용감하면서도 중성적인 매력을 뽐내는 멋진 소녀였다. 와우! 의외의 멋과 생경한 조화에 잔뜩 의기양양해졌다. 그대로 집을 나서 동네를 마구 쏘다녔다.

인간은 배냇저고리부터 수의 사이까지 끊임없이 옷을 바꿔 입으며 살지 않는가? 사르트르는 "인생은 태어남Birth과 죽음Death 사이의 선택Choice"의 연속이라고 했지만 매일 아침 내게 첫 선택의 대상은 바로 옷이다. 오직 인간이라는 동물만이 무엇을 입을까 고민하고, 철마다 옷을 바꿔 입는다는 사실, 겨울엔 옷이 없다면 살아남을 수도 없도록 진화했다는 사실을 생각하면 의아해진다. 지구에서는 인간만이 과잉을 즐기고, 생존에 쓸모없는 일(대표적으로 예술)에도 목숨을 건다.

지금도 내 옷장에는 '신사복' 재킷과 셔츠가 많다. 허리가 잘록

한 여성 재킷이 지금도 어색하게 느껴지는 이유는 그때 아빠 옷을 걸치며 눈에 익숙해진 실루엣 때문인지도 모른다. 아르바이트로 용돈도 벌고 교복도 벗어던진 스무 살 이후로는 지금껏 무수한 시행착오를 거치며 입고 싶은 대로 도전하며 살았다. 그중엔 남 보기 부끄러운 착장도 많았다. 대신 몇 년 새 또 다른 고민이 생겼다. '무엇을 입을까' 하는 고민이 '무엇을 살까'로 연결되지 않아야 한다는 거대하고 절박한 전지구적 요청 때문이다. 이젠 유행 없이, 과소비 없이 가진 옷들과 우정을 나누면서도 창의성을 발휘하는 법, 나와 세계와의 협력 속에 아름다움을 발견하는 법을 배워야 한다. 부모님 옷장을 살피던 그때처럼 여전히 즐겁고 괴롭고 또 명랑하게.

무엇을 입을까 2

텔레비전 프로그램 〈쑈쑈쑈〉에 나오는 패션이 좋았다.
'춤을 추면 저런 옷을 입을 수 있구나!'

_안은미, 〈안은미래〉

무용의 매력 중 앞 순위가 옷이라고 하면 조금 이상한가? 여전히 옷 구경이며 옷 입기를 좋아하는 나는 무용수들이 무엇을 입을까 기대하는 마음으로 현대무용을 보러 간다고 해도 과장이 아니다. 많은 무용 작품에는 관객의 마음을 간지럽히는 흥미로운 복식이 등장하고, 무대 의상에는 안무가의 고유한 철학과 작품 세계가 반영되어 독특한 뉘앙스가 생겨나기 때문이다. 무용에서 의상이 드러나는 방식은 패션쇼나 연극·영화와는 여러 면에서 다른데, 특히 현대무용은 패션쇼처럼 옷을 사라고 권하거나 획일적인 신체를 제시하지도 않고, 연극·영화에서처럼 옷이 등장인물의 캐릭터를 묘사하는 데 한정되지도 않는다. 오히려 무용수의 옷은 연주 중인 피아 니스트의 흔들리는 머리칼과 비슷해 보인다. 무용수의 신체만큼이 나 표현성을 지니며 때로 움직임만큼 강력한 표현 도구이자 표현 주 체가 되기 때문이다. 현대무용은 춤을 기본 언어로 하면서도 때론 옷이라는 사물이 몸과 움직임의 존재 방식을 어떻게 확장시킬 수 있는지 실험하는 너그럽고 역동적인 현장이 되기도 한다. 나는 현대 무용 작품 속 의상과 헤어스타일, 소품에 무수히도 매료되었다.

언젠가는 안느 테레사의 〈Phase〉를 보다가 무용수 두 명의 깡 총한 단발머리와 무릎까지 오는 흰 민소매 원피스, 무엇보다 꼭 간 호사 신발처럼 생긴—앞코가 동그랗고 밑창 쿠션이 높으며 끈 없이 간결한 디자인의—하얀 단화에 완전히 사로잡혔다. 그 후로 내 눈 에는 희고 통통한 디자인의 간호화와 할머니들의 일명 '효도 신발' 이 그렇게 상큼하고 예술적(?)으로 보일 수가 없다. 마치 흰 단화가 주인공인 평행우주를 경험한 것처럼, 한 사물의 예술적 아우라를 발견하고 간직할 수 있는 새로운 안목이 내게 뿅 생겨난 것이다.

피나 바우쉬 작품의 시그니처 의상인 슬립 드레스도 빼놓을 수 없다. 나는 슬립 드레스를 12색 모나미 사인펜 컬러 구성만큼 구 비해두고 봄, 여름, 가을, 겨울 빠지지 않고 즐겨 입는다. 이 슬립 드 레스에 특별한 감수성을 부여해주었으며 아름다움을 극대화시킨

예술가야말로 피나 바우쉬가 아닌가. 우아한 광택, 움직임에 따라 몸에 밀착되다가도 부드럽게 나부끼는 풍요로운 실루엣, 꽃비처럼 서정적인 색채의 향연! 그의 단원 중 머리가 센 노년의 남성조차 흰 슬립 드레스를 입고 춤을 추지 않았나. 이 드레스가 없었다면 피나 바우쉬의 작품이 과연 완성될 수 있었을까 궁금할 정도이다.

반대로 전신에 실오라기 하나도 걸치지 않은 누드 공연을 본 적도 있다. 헝가리 무용단 호드웍스의 〈새벽〉이었는데 그 공연은 여러모로 '누드'여서, 음악도 무대장치도 없었고, 관객석과 무대와의 단차도 없었다. 관객들은 네모난 무대 주위로 'ㄷ' 자로 둘러앉아 새벽처럼 어슴푸레한 조명 속에 네 명의 남녀 무용수가 등장하자마자 훌러덩 겉옷과 속옷을 벗어내린 채 움직이는 모습을 바라보았다. 성교 행위를 연상시키는 움직임이면서도 정서와 교감은 완전히 삭제된 낯설고 거친 움직임이었다. 누드 공연인 줄 알고 갔음에도 처음에는 당혹스러운 나머지 쉼 없이 눈알을 굴리며 눈꺼풀을 깜빡여야 했다. 숨죽인 다른 관객들의 동공도 무수히 흔들리고 있다는 걸 어둠 속에서도 느낄 수 있었다. 그러나 곧 무용수들의 땀이며 호흡, 살갗이 서로 스치고 밀리며 내는 마찰음에 익숙해졌고, 맨몸이 맨발만큼 어색하지 않을 무렵 공연이 끝났다. 무용수들이 입고 나온 단출한 상하의는 사각의 무대 꼭짓점 네 곳에 흘러내린 깃발처럼 포개져 있었다.

그런데 의상을 모두 벗어던지더라도 남는 각 무용수만의 '복장'이 있다. 바로 헤어스타일이다. 헤어스타일만큼은 작품의 안무가보다는 무용수 개인의 질감이 두드러진다는 점이 흥미로운데, 바로 그 헤어스타일은 무대 위에서 안무가가 만들어내는 세계와 무용수의 개성이 중첩되는 영역이기도 하다. 한국에는 뛰어난 무용가들이 많지만, 유독 헤어스타일에서부터 남다른 매력을 드러내며 무대에서 고유한 파장을 일으키는 무용가들이 있다. 내겐 허성임, 김혜경, 최민선, 임정하와 같은 무용가들이 그러한데 막상 들여다보면 그들의 머리 스타일이 특별히 유별나지는 않다. 넷 다 자연 모발에 가까운 색이기도 하고, 허성임·김혜경은 짤막한 앞머리에 긴 머리, 최민선은 커트 머리, 임정하는 곱슬이 도는 중단발이다. 거리에서 누가돌아볼 정도로 독특하지도 않고, 대중 가수나 방송 댄스를 하는이들에 비하면 무척 평범하다. 그러나 이들의 헤어스타일은 분명 무대 위에서 맹렬한 호소력을 만들어낸다. 무엇보다 그들 스스로 예술가로서 자기만의 예술 언어와 지향을 뚜렷하게 지녔기 때문일 것이다. 피아니스트 백건우와 손열음, 조성진이 헤어스타일 때문에 뛰어난 예술가가 된 것은 아니듯이(하지만 건반 위에서 그들의 머리칼은 정말 멋지다). 본인의 기질을 잘 드러내는 헤어스타일은 예술가의 아우라를 강화하는 동시에 기호화한다. 그래서 우리는 리아 킴(팝핀댄서이자 안무가)을 말하며 그의 새카만 '칼단발'을 함께 떠올리고, 앤디 워홀을 말하며 분수처럼 퍼지는 희고 픽픽한 헤어스타일(그는 일부러 그 가발을 고수했다고 한다)을 빼놓지 않는 것이다.

　고유한 헤어스타일, 화려한 의상과 소품으로 둘째가라면 서러운 예술가가 바로 안은미 아닌가? 그는 가장 처음 자신을 무용의 세계에 눈뜨게 한 것은 움직임이 아니라, 색이라고 말한다. 네 살 무렵의 안은미는 우연히 동네에서 화관무를 하는 사람들을 보았고 그들의 의상에서 황홀하게 어룽거리는 색과 질감의 세계를 만났다. 춤이 몸이기 전에 초현실적 색채와 패턴으로 다가온 것이다. 지금도 그는 옷을 걸친다기보다 몸에 색과 패턴을 입히는 보디페인팅의 기분으로 작업을 한다. 그가 작품을 만들며 남긴 무수한 의상 스케치를 살펴보면 한 어린아이가 꿈꾼 세계가 환상에 머무르지 않고 현실에 폭발하듯 수놓이는 과정을 엿볼 수 있다. 안무를 시작한 이래 그는 모든 무대 의상과 액세서리를 손수 디자인하고, 원단 시장을 돌며 마음에 드는 소재를 구해 무용수의 몸에 대보는 실험과 놀이를 반복해왔다.

　희한한 일이다. 맨발로 춤춘다는 사실에 반해 현대무용을 시작하고, 훌렁 머리를 밀고, 일찌감치 상반신 탈의로 무용계를 떠들썩하게 한 '벗는' 안은미가 다른 한편으로는 눈이 멀 정도로 화려한 의상으로 갖은 요술을 부린다는 사실 말이다. 실제 그는 무대 위에서 깎아지른 듯한 하이힐을 즐겨 신고, 온갖 머리장식과 가발을 쓰고 나타난다. 어쩌면 그에게는 입는 일과 벗는 일이 같은지도 모른다. 두 가지 모두 본질이고 파격이고 변신이다. 그의 공연을 보러 가며 '이번에 무엇을 입을까?' 하고 설레지 않을 수 있겠는가.

옷에 비유하면 무대는 현실의 내피이면서 꿈의 외피와 같은 공간이다. 공연은 주머니에 넣은 호두를 만지작거리듯 현실을 숙고하게 하는 곳이면서도, 우리의 상상과 이상에 외투를 입히는 공간이기 때문이다. 나는 공연장을 찾을 때마다 그곳에서 몸이 옷의 날개가 되고 옷이 몸을 해방시키는 모습을 기꺼운 마음으로 기다린다.

고요한 절도

살풀이를 추는 어린이 안은미를 보면, 어른 안은미에게서 나타나는 특징이 이미 자리 잡고 있음을 알 수 있다. 어른 안은미의 특징 가운데 하나는, 단전에 힘을 넣고 호흡을 조절해가며 중심을 유지하는 특유의 밸런스 감각인데, 저 어린이는 이미 그걸 구사하고 있다.

_임근준, 《공간을 스코어링하다》

책을 보다 단어나 구절을 엉뚱하게 읽는 일이 더러 있다. 대부분 잘못 읽은 그 부분이 마음에 들어 오, 하고 재차 살피면 한참 잘못 읽었다는 것을 알게 된다. '구시가지'를 '구기자차'라고 읽는 정도는 예사다. 거의 '전설의 고향'을 '예술의 전당'으로 읽는 격이다. 그러나 잘못 읽은 단어들이 마음에 들어 그럴 때마다 횡재한 기분으로 메모를 하곤 한다. '고요한 절도'도 마찬가지인데 출근길 버스 안에서 그 문구를 발견한 나는 원래 문구가 무엇이었는지는 까맣게 잊고 종일 절도節度와 그 고요함에 대해 생각했다. 오랫동안 사람과 동식물, 인공물과 자연물, 그리고 예술작품에서 멋과 기품을 발견할 때 공통적으로 느꼈던 그 '무엇'이 바로 고요한 절도였음을 깨달은 것이다.

절도! 이 단어는 밖으로 소리 내어 읽지 않더라도 힘 있는 스타카토로 내면을 곧추세운다. 이토록 명료한 단어가 내겐 신비로우면서도 아득하게 느껴지는 이유는 뭘까? 나와 한참은 먼 단어이기 때문인 걸까. 이따금 내 안에는 중심이 전혀 없다는 기분이 든다. 늘 어딘가 희미하게 불안하고 부산해서 부슬부슬 흩어지는 몸과 마음. 실밥으로만 지은 외투에 잔뜩 흘린 파이 부스러기. 이런 기분은 한심하기보다는 불편해서 더 문제인데, 특정 상황에서 유난히 일상을 어렵게 만들기 때문이다. 가령 약속 시간(늘 간신히 맞추거나 늦는다)을 앞두고 허둥지둥 준비할 때, 여유 시간을 알차게 보내야 한다는 압박을 느낄 때(가슴이 두근거리고 시작부터 이미 조금 지침), 불편한 사람과 대화할 때(책임지지 못할 말을 우왕좌왕), 직장에 있을 때(맙소사 여덟 시간 내내) 주로 그러하며 그 몇 가지가 섞이는 경우(직장+약속 시간, 직장+불편한 사람 등)엔 거의 어쩔 줄 몰라 허우적거리는 수준이 되는 것이다. 이 산만함이란 아주 사소한 것의 우선순위를 잘 정하지 못하는 데서(앗 잠깐 짬이 나네! 메일에 답장을 해둘까, 이를 닦을까. 아, 장바구니 결제해야 하는데! 아냐 까먹기 전에 동물병원 예약 전화를 먼저 하고……) 시작한다. 나는 큰 결정보다 작은 결정에 확신을 못 갖는 편인데, 이미 마친 행위에 미련을 잘 두며 거기다 자잘한 욕심까지 많아 일이 훨씬 복잡해진다. 한마디로 맺고 끊는 것이 잘 안 된다. 그런데 절도란 맺음과 끊음의 효율성으로부터 시작하지 않는가?

소크라테스는 말한다. 온 세상과 불화하더라도 자기 자신과 일치하는 편이 낫다고. 내게 이 말은 절도가 무엇인지 가르쳐준다. 여기에 절도에 대한 세 가지 힌트가 숨어 있기 때문이다.

* 일치감

특정 형식(기합이나 경례 등)을 익힌다고 해서 절도가 생기지는 않는다. 절도는 정신의 거푸집으로 조형된 태도이자 형식이기 때문이다. 절도는 자기 자신과의 일치감에서 오는 확신과 조화로움이다. 그렇다. 절도의 본질은 일치감이며, 그것은 총체적이며 전인적이다. 절도는 세계와 자신 내부의 원치 않는 부분을 회피하거나 폐기하고 일부만을 취하지 않는다. 그것은 총체적임에도 가장 경제적인 형식으로 나타난다. 절도에는 군더더기가 없으며 부족함도 없으니까. 좋은 시를 읽고 아름다운 그림을 보고 멋진 무용을 보면 내용과 형식의 낭비도, 결핍도 없는 그 조화로움에 탄복하게 되니까. 절도는 복잡한 절차와 외양을 다스리는 가장 경제적인 형식을 추구한다. 절도 있는 형식에서는 깊은 종교성마저 느껴진다.

* 거리감

세상과 엄청나게 불화하지 않더라도 절도는 세상과 자신 사이에 일정한 거리를 만든다. 절도의 고요함은 그 거리에서 비롯된다. 자기의 본질, 또는 신념과 가치를 가장 효과적으로 구현하는 그만의 질서와 리듬! 아무리 번잡하고 시끄러운 장소에 있더라도, 절도 있는 대상에게는 그만의 고요함이 흐른다.

* 헌신

이 헌신이야말로 절도의 놀라운 속성으로, 우리를 경건하게 한다. 세상과 불화하더라도 자기 자신을 배신하지 말아야 한다는 것, 소크라테스는 죽음 앞에서도 자신의 그 가르침을 지켰다. 그의 가르침 중 하나인 지행합일이야말로 자신의 앎에 대한 헌신을 요구하지 않는가. 플라톤은 스승인 소크라테스가 신성모독과 청년들을 세뇌시킨다는 죄목으로 사형선고를 받고 독약을 마시는 순간을 상세하게 기록한다. 의연하게 독약을 받아 마시고 자리에 누운 소크라테스의 마지막 말은 이렇다.

크리톤, 아스클레피오스에게 수탉 한 마리를 빚지고 있으니 그 빚을 반드시 갚아주게.

그는 죽음에 저항하지 않았고 평온을 선택했다. 그는 억울함과 두려움에 떠는 대신, 신중히 자신의 청정함을 검토한 것이다. 우리를 감동시키는 절도에는 그와 같은 헌신이 담겨 있다. 동물과 식물(그리고 광물)은 어떤 분열도 회한도 없이 자신의 생에 온전히 헌신하고, 그래서 아름답다. 인간이 자신의 삶에 의지와 실천을 오롯이 일치시킬 수 있다면, 그것은 쉼 없는 헌신으로서만 가능하지 않을까? 헌신은 기계적인 반복으로는 불가능하다. 헌신은 매 순간 일어나야 하며, 매 순간 새로워야 한다. 롤랑 바르트는 반복으로부터 오는 숙련성을 '관리된 빈곤화'라고 말한다. 아무리 능숙한 기예의 행위일지라도 헌신이 없다면, 사랑이 없다면, 더 이상 생명력이 없다.

나는 절도 있는 사람이고 싶다. 불안 때문에, 강박 때문에, 욕심 때문에 손톱을 깨무는 사람이고 싶지 않다. 삶의 사건에 끌려다니는 사람이 아니라, 나의 리듬으로 사건을 유유히 통과하는 사람이고 싶다. 규칙적인 일과를 소중히 하는 사람, 걸음걸이와 시선, 말과 동작에 세상에 대한 헌신과 절제가 스며 있는 사람, 스스로의 리듬과 법도라는 궤적 위에서 평온한 사람이고 싶다.

다행히 나는 절도 있는 사람들을 많이 알고 있고, 그들로부터 배울 수 있다. 나는 내 친구가 디저트 포크를 잠시 내려놓고 "난 아닌 건 아니라고 해. 둘러말하지 않고"라고 할 때 그애만의 절도를 발견한다. 공격적인 비난을 쏟아내는 사람의 마음의 말까지 끝까지 듣고 성숙하고 단호하게 답하는 선배 교사를 볼 때도 그렇다. 페트병의 라벨을 빈틈없이 떼는 이웃, 손님에게 친밀감을 표현하면서도 존중을 잃지 않는 카페 사장님, 간곡한 부탁을 할 때에도 결코 비굴하지 않은 내 동생, 그리고 위급한 순간에도 침착함과 품위를 잃지 않는 내 짝에게서도 그렇다. 사람뿐일까, 훌륭한 예술작품, 자기만의 신념과 추구하는 가치가 담긴 음식과 사물, 건축물들은 어떤가? 매일 아침 출근길 위로 하늘을 다 가릴 듯 궁륭을 만드는 저 넉넉한 나무들은? 먼 하늘에 대형을 이루며 나아가는 저 새들은?

아침을 맞는다. 물 한 잔을 마시고 옆구리를 쭈욱 늘린다. 창 너머를 보듯 벽을 본다. 짧은 기도를 한다. 어느 순간이든 내 삶에 너그럽고 싶습니다, 아멘. 정신없는 오후가 지나가고, 퇴근길에는 하늘을 자주 본다. 나는 고작 네다섯 마리의 새들이 작은 화살표 모양의 대형을 이루며 어디론가 떠나는 모습을 보면 기어이 눈물이 나고 만다. 이제는 그 이유를 조금 알겠다. 그들이 가진 고요함을 내가 들을 수 있기 때문이다.

함께 춤추기

대한민국에서 10대를 보낸 사람이라면 학년별 수련회(당시에는 극기 훈련이라고도 불렀다)를 가본 적이 있으리라. 수줍음이 많고 몸이 굼뜬 내게 2박 3일의 수련회란 버스 안에서 칸쵸를 꺼내 먹는 일을 제외하면 시작부터 끝까지 모든 상황이 고역이었다. 지금도 수련회의 기억을 떠올리면 나도 모르게 어금니를 악물게 되지만, 직업 교사로 살다보니 얄궂게도 여전히 수련회를 가고 있다. 예전과 달리 무서운 교관에 의한 군기 잡기나 체벌(오리걸음, 엎드려뻗치기 등)은 사라지고, 각종 자연 체험 활동과 협력을 통한 문제 해결 프로젝트, 레크리에이션이 주를 이룬다. 그러나 학생일 때나 지금이나 변함없이 내게 수련회에서 가장 힘든 시간은 레크리에이션 시간이다.

레크리에이션에서 '춤'은 임무이거나 유쾌한 벌칙으로 수시로 요청되고, 현란한 댄스음악이 쉴 없이 학생들을 흔들어놓는다. 장기 자랑 순서엔 언제나 노래보다 춤이 환영받으며 섹시 댄스나 코믹한 막춤을 잘하면 하루 만에 전교생 사이에서 스타가 된다. 나는 90년대나 2000년대에 학교를 다닌 대부분의 사람들이 대중이 추는 춤에 대한 이미지를 수련회에서 형성했다고 생각한다. 본인이 춤을 추거나, 친구들의 춤을 볼 일이 수련회라는 이벤트가 아니면 좀처럼 없었기 때문이다. 나는 평소 친구들은 물론이고 엄마, 아빠가 춤을 추는 모습도 본 적이 없다. 춤을 추는 사람은 춤을 '잘' 추는 사람이었고 티브이 속에 있었다. 그리하여 주위 친구들이 자발적이건 비자발적이건 춤을 추는 모습을 보고, 나 또한 많은 이들 앞에서 춤을 추는 경험을 초등학교 5학년 첫 수련회에서 처음 하게 된 것이다. 특히 그 시절의 춤은 함께 추는 춤이라기보다 몇몇의 개인이 다수에게 보여주기 위한 춤으로, 대부분 방송 댄스를 기반으로 했다. 나는 재잘대는 새소리나 만개한 꽃나무에도 곧잘 팔다리가 너울대는 아이였지만 수련회 강당에서 어울리는 춤을 추는 법은 몰랐다. 초중고와 수련회를 거치며 나는 춤이란 추는 시간과 장소가 따로 있고, (잘) 추는 사람도 따로 있다고 인식하게 되었다.

2010년 이후 학교를 다닌 아이들은 나와 경험이 조금 다르다. 특히 현재 아이들은 교육과정 속에서 춤을 자주 접한다. 중학교만 해도 일주일에 한 번 '스포츠' 시수를 따로 편성해 탁구, 농구와 함께 방송 댄스를 가르치고, 체육 교과에서도 댄스가 결합된 다양한 실기 수업을 진행한다. 각종 축제와 행사에 댄스 동아리만 참여하는 것이 아니라, 매해 학급 대항 댄스 대회가 있어 반 구성원 전체가 댄스 경연에 힘을 쏟는다. 아이들은 각종 미디어를 통해 춤을 여러 형태로 자주 접하고, 댄서들이 주인공인 방송프로그램도 즐겨본다. 그 덕분인지 많은 아이들이 흥겨운 음악이 나오면 너나없이 자연스레 흔들흔들 리듬을 타고 타인의 눈치를 보지 않는다. 어느해에는 중학교 2학년 아이들과 함께 간 수련회에서 캠프파이어를 하는 밤에 댄스파티가 열렸다. 교관이 디제이 역할을 맡았고 나는 연신 촬영 버튼을 누르며 우리 반 아이들이 신나게 몸을 흔드는 모습을 놀랍고도 흐뭇한 마음으로 바라보았다. 그런데 춤을 추는 아이들 가운데 오직 J만이 얼음이 된 채로 금방이라도 울 것처럼 혼란스러운 표정을 짓고 있는 게 아닌가? 평소 우리 반 누구보다 사교적이고 활달한 아이였기에 어리둥절했지만 이내 그 반응을 이해할수 있었다. J는 열두 살 때 가족과 탈북해 한국에 정착한 아이였다. 우리가 경험한 문화는 우리가 몸을 사용하고 표현하는 방식에 무형의 흔적을 남긴다. J도 한참 윗세대인 나만큼이나 여간해서는 남들과 더불어 춤추기가 어색한 사람이었던 것이다.

서구권 영화나 소설 속에는 가족끼리 집에서 케이크에 초 하나를 꽂아놓고도 음악에 맞춰 짝을 지어 춤을 추거나 여럿이 어울려 춤을 추는 장면이 자주 나오는데, 작은 파티부터 졸업식이나 결혼식까지 클럽이나 바에 가지 않더라도 일상에서 함께 어울려 추는 춤이 자연스럽다는 사실이 우리와는 많이 다르다. 무엇보다 나는 할아버지와 손녀가, 장모와 사위가, 엄마와 아들의 친구가 스스럼없이 춤을 출 수 있다는 사실이 매번 놀라웠다. 내가 우리 할아버지와 손을 잡고 춤을 춘다고? 우리 엄마가 내 남자친구와 춤을 춘다고? 상상하기 어렵다. 부에노스아이레스 같은 곳에서는 거리며 공원, 광장과 카페에서 하루에도 몇 번씩 탱고를 추는 사람들을 만난다고 하니 내겐 그런 장면이 화려한 궁전이나 야자수보다 이국적인 풍경으로 느껴진다. 한국에서는 춤추기를 즐긴다는 사실, 더욱이 파트너와 짝을 이뤄 추는 춤에 대해서는 여전히 안데르센의 '빨간구두'를 신는 일처럼 일탈로 비치는 암묵적인 분위기가 있고, 춤추기 좋아하는 사람을 추켜세우면서도 동시에 '춤바람이 났다'거나 '끼를 부린다'처럼 다소 부정적인 뉘앙스로 이야기하기 때문이다.

한국 궁중춤이나 민속춤은 전문 집단에 의해 보존되고 있지만 일상에서의 전통은 끊어진 지 오래여서 세대를 아우르는 한국인의 보편적인 춤을 찾기는 어렵다. 대신 마카레나 댄스(기억하시나요), 2002년 월드컵 꼭짓점 댄스, 싸이의 강남 스타일 댄스나 계보처럼 이어지는 인기 아이돌 댄스처럼 특정 춤이 짧은 시기에 젊은 세대를 중심으로 퍼졌다 사라진다. 하지만 한국인은 춤추기나 춤보기를 무척 좋아하고, 젊은 세대일수록 함께 추는 춤의 즐거움을 잘 알고 있다. SNS에 쉴 새 없이 올라오는 각종 '챌린지 댄스' 영상을 보라.

영화 〈더 랍스터〉에는 재미있는 댄스 장면이 나온다. 커플이 되기를 거부하는 숲속의 '자발적 외톨이들'이 드문드문 버섯 군락처럼 모여 서서 각자 헤드셋을 쓰고 일렉트로닉 음악에 맞춰 혼자만의 춤을 춘다. 집단의 춤이면서도 혼자 추는 춤이다. 그 장면은 외톨이들의 폐쇄적인 방식을 유머러스한 방식으로 보여주었지만 내겐 고립된 모습으로만 보이지는 않았는데, 비록 파트너는 없지만 춤을 추는 숲속은 열린 장소이고 시선을 돌리면 주위 사람들의 춤이 모두 보이는 데다 모두 같은 장르의 음악을 듣고 있었기 때문이다. 외톨이들은 함께 춤을 추는 데서 오는 열기를 나름의 방식으로 공유하고 있었다.

혼자 추는 춤보다 함께 추는 춤이 사람을 더 행복하게 한다는 사실은 뇌를 관찰한 과학자들의 연구를 통해서도 알 수 있다. 사람의 뇌는 타인과의 소통과 교감이 이루어질 때 가장 큰 행복을 느끼도록 진화했기 때문이다. 비록 나는 어린 시절 수련회에서 춤에 대한 공포심이 생긴 데다 여전히 개방된 공간에서 함께 춤추기를 어색해하는 사람이지만, 지금 자라는 아이들은 교내 복도와 교실, 강당과 운동장에서 음악이 들리면 스스럼없이 몸을 깡총이며 눈을

맞추고 몸을 흔들 수 있다는 사실이 다행스럽게 느껴진다. 이들이
나처럼 쭈뼛거리는 어른들의 꺼질 듯 꺼지지 않는 춤의 불씨도 후
후 더 크게 지펴줄 것만 같다.

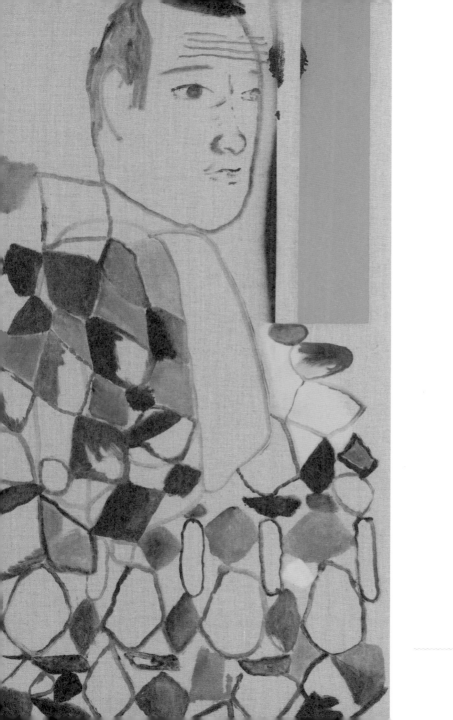

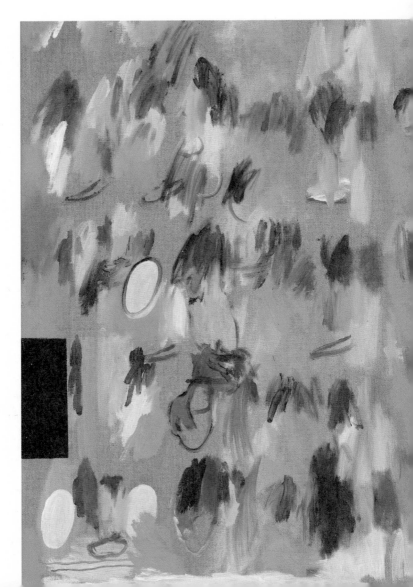

3부

스윙 앤 스냅

스윙 앤 스냅

노크는 나의 가장 좋은 부분
내 노크에 당신이 문을 열었어
나는 머쓱한 손을 구부려 주머니에 넣었지
노크가 충분하지 않았거든
아직 내 얇은 외투 안에 따뜻한 노크가 남아 있어

노크는 나의 가장 귀한 부분
아직 해가 뜨지 않았잖아
당신이 아침과 경주를 하느라
서둘러 명상과 체조를 하는 동안
나는 밀반죽을 세워두고 노크를 연습해

해가 떠오르네

주먹에서 튀어나온 두 언덕을 사랑하듯
밤은 마귀의 혹과 감자의 혹을 선물했어

노크를 넣은 식빵이 익어간다
기침과 영광이 부푸는 아침에

내 도시락은?
당신이 내민 빈 손수건을
식빵에 영웅처럼 둘러줄 거야

스윙 앤 스냅
당신은 사무실에서 낮과 대결하고
스윙 앤 스냅
나는 언덕에 서서 생각하네
스윙 앤 스냅
세상은 내 노크를 들었을까?

흙을 엎고 못을 치고 책을 읽고 칼을 갈며
노크를 기르고 노크를 다듬는다

참새 깃에 찍힌 검은 무늬처럼

울타리 아래 수북이 고인 얼굴처럼

렛 미 체인지 유어 네임

　내 친구 줄라이는 뽀로롱 이름을 잘 지어낸다. 사이가 가까워지면 이름 말고 평소 불리는 별명이 있는지 물어본 뒤, 없다면 "○○로 하자!"라고 화통하게 새 이름을 건넨다. 순자, 밍키, 도라, 도로시, 핑팬, 엘리, 로자(내 이름) 등등이 그렇게 만들어졌다. 우리는 그 이름을 좋아한다. 쉽고 친근한 호칭이면서 각자의 내밀하고 본질적인 곳을 부드럽게 긍정해주는 이름이기 때문이다. 굳이 구분하자면 순자, 밍키, 도로시, 핑팬은 남자다. 나는 한참 동안 순자와 밍키의 본명을 모른 채 가깝게 지냈는데, 어쩌다 주민등록상 이름을 들은 날은 거짓말이라도 들은 것처럼(말도 안 돼!) 당황하고 말았다.

　안은미의 작품을 보는 즐거움 중 하나는 무용수들의 성별·의상·몸짓·소리의 크로스오버가 주는 해방감에 있다. 그는 작품에서 성별을 둘러싼 통념을 가로지르는 다양한 연출을 시도해왔다.

그 횡단과 교차의 화려한 난장에서 화통한 심술이 느껴진다. 심술이 화통할 수 있을까? 그렇다! 그의 작품에서 심술은 질문이 되고 선언이 되었다가 화룡처럼 멋지게 솟구친다. 누군가는 그의 작품에서 심술보다 해학을, 암시보다는 직언을 더 자주 발견할 수도 있다. 그러나 적어도 내게 그의 작품이 주는 카타르시스는 심술이 속성을 달리하며 드라마틱한 변모를 보여주는 데 있다. 어쩌면 내가 늘 쥐 떼 같은 심술을 숨기고 있고, 그의 무대 위로 슬몃 내 작은 찍찍이들을 풀어놓기 때문인 걸까.

그러니까 보잘것없는 내 쥐 떼들도 그의 작품에서는 멋지고 화통한 농담이 된다. 심술이 단단한 세상에 색색의 콩주머니를 던지는 것이다. 박이 터질 때 떨어지는 저 화려한 반짝이, 반짝이들!

〈렛 미 체인지 유어 네임〉에는 2000년대에 들어서며 미니멀해진 그의 작품 경향이 반영되어 있다. 의상에서는 장식과 패턴이 사라지고 단순한 컬러—라임, 진홍, 세루리안 블루, 보라 등—의 선명함과 역동성이 더 강화된다. 이 작품 또한 남성·여성의 구분이나 인종 구분이 없다. 쫄쫄이 롱 원피스도, 품이 큰 고무줄 바지도, 팬티와 스타킹도 구분 없이 모두에게 잘(끝내주게) 어울린다. 열두 명의 무용수들은 손바닥 뒤집듯 수시로 의상을 바꾸는데 머리부터 발끝까지 경쾌하고 뽀송뽀송한 질감이 두드러진다. 공연 후반에 상반신을 탈의한 무용수들의 땀과 열기가 최고조에 이르렀을 때조차 산뜻하고 명랑했다. 휘릭, 무용수들이 원피스 자락을 끝까지 들춰 흰 팬티와 곧게 편 다리를 드러낼 때 그들은 색색의 아이스크림을 핥는 입술과 혀, 유원지에 핀 청초한 튤립이었다.

변신이 이토록 산뜻하고 기쁘고 리드미컬할 수 있다면, 보다 민주적이고 보다 평등하고 보다 자유로운 세상일까? 우리는 어떤 변신은 허용하고 어떤 변신은 불허하는가? 우리는 어떤 변신 앞에서 여전히 망설이고, 어떤 변신을 강요받는가?

최근 나는 제자인 M을 대할 때 약간의 혼란스러움을 느꼈는데, M과 수업을 한 지 네 달이 넘었지만 성별을 짐작하기 어려웠기 때문이다. M이 평소 친구들과 어울리는 모습을 봐도 마찬가지였다. M은 짙은 눈에 숱이 꽉 찬 곱슬머리를 똑딱핀으로 단단히 고정하고 꾸밈없이 천진하면서도 예의를 갖춰 상대방을 대하는 아이로, 미술시간엔 자주 손을 들어 질문하고 초롱초롱 눈 맞춤도 잘한다. 담임 선생님이나 주변 선생님에게 M의 성별을 물어볼 수도 있겠지만 부러 성별을 구분해서 무엇 할까 싶기도 하고, 또 M에게도 실례인 것 같아 그냥 모르는 채 지내기로 했다. 하지만 수업을 하고 나올 때마다 나도 모르게 여러 단편을 실마리 삼아 속으로 요리조리 추측해보지 않았다고 하면 거짓말이다.

그러다 어느 날 복도를 걷다 M이 화장실에서 젖은 손을 털며 나오는 모습을 봤다. 순간 심장이 쿵, 기분이 이상했다. 허탈감과 함께 소중한 무언가가 함부로 둘로 쪼개진 기분이었다. 자, 나는 이제 M을 남자라고 여기면 되는 걸까? 그것이 앞으로 M과 나의 수업에 무슨 차이를 만드는 걸까? 그 차이가 내게는 무슨 의미이고, M에게는 어떤 의미일까? 내 친구인 줄라이, 순자, 밍키, 엘리, 도라, 도로시, 핑팬은 서로의 나이를 모르고 어쩌다 알게 되어도 기억을 못한다. 친구를 사귀며 굳이 나이를 묻지 않듯이, 누군가의 성별이 딱히 궁금하지 않은 때도 올까?

나는 최근 성공회대에서 처음 시도한 '모두의 화장실'✦이 중고등학교에도 설치되기를 바란다. 한 건물에 하나씩 시작해서, 한 층에 하나씩 생긴다면 어떨까. 많은 중고등학교가 여전히 남자와 여자를 구분하여 반 번호를 정한다. 내가 근무했던 학교에서는 여자아이들은 1번부터, 남자아이들은 20번부터 번호를 부여했다. 또 거의 모든 학교에서 점심 배식 줄을 남자와 여자로 분리하고 취식 구역도 따로 둔다. 몇 해 전 제자 L은 수련회를 가지 않겠다며 "남자아이들과 한 방에서 자는 것이 끔찍스럽다"고 말해 선생님들을 무

✦　성별 이분법적이고 비장애인 중심의 화장실에 반대하여 누구나 차별과 소외 없이 사용할 수 있는 화장실로 1인 화장실을 기본으로 한다.

척 당혹시켰는데, 평소 L은 점심 배식 시 항상 여자 줄에 섰다. L이 "너는 왜 여기 서 있어?"라는 질문 혹은 힐끔거리는 시선으로부터 충분히 자유로울 수 있을까? 이건 L 혼자만의 일인 걸까?

할머니들이 대거 출연하는 〈조상님께 바치는 댄스〉의 준비 과정에 대한 인터뷰에서, 안은미는 할머니들이 고무줄 바지에 까까머리인 자신을 처음 만나면 대뜸 "남자여, 여자여?" 하고 묻는다고 했다. 그는 할머니들이 가슴을 덥석 만져본 후에야 "옳거니, 여자구먼!" 하고 말한다며 껄껄 웃는다. 안은미는 90년대 초부터 여성으로 태어남, 여성으로 살기, 여성됨에 대해 자신의 몸으로 노골적으로 질문해왔다. 그런 안은미가 이젠 남자여, 여자여? 하는 질문을 받는다니, 한편으론 가슴이 뻥 시원하고 한편으론 진지해진다. 여자에 머무르면서 여자를 떠날 수 있을까? 남자에 머무르면서 남자를 다시 쓸 수 있을까? 많은 사람들과 함께, 안은미도 그 적극적인 여정 속에 있다.

"로자 왔어?"

카운터를 지키던 순자가 그의 가게에 들어서는 나를 반긴다. 나는 얼마 전에 본 안은미의 공연 이야기를 순자에게 왕창 쏟아놓을 참이다. 순자는 이십 년 동안 책 만드는 일을 했고, 삼십 년째 열렬한 현대무용 애호가이다. 그는 오랫동안 사랑해온 무용을 사람들과 나누는 일을 꿈꿔왔고 차근차근 그만의 색을 입힌 공간을 준비해왔다. 오늘은 공연 후기도 나눌 테지만 무엇보다 얼마 전 사표를 내고 이제 근사한 '무용 카페'의 주인으로 새로운 일상을 시작하는 그를 한껏 응원하고 축하해주러 왔다. 나는 새삼 줄라이가 붙여준 우리의 호칭이 소중하다고 느낀다. 만일 내가 순자를 순자라고 부르지 않고, 선생님이나 ○○님, ○○씨, 또는 오빠라고 불러야 한다고 생각하면 조금 어질해진다. 우리 서로에게 새 이름이 있어 얼마나 다행인가.

"순자의 본업 변신을 축하하며 건배!"
팅~! 챙~!
와인잔이 부딪히는 경쾌한 소리를 종소리처럼 듣고 또 듣고 싶다. 누가 이 차갑고 경쾌한 소리, 이 투명한 기쁨과 일렁임을 음악으로, 움직임으로 가져가주길. 많은 변신이 번쩍이는 마술봉과 현란한 회전, 요란한 효과음, 선언문과 외침, 고독과 비난, 소외와 죽음 없이 가능하길. 우리의 심술이 폭죽처럼 축제의 하늘로 터지는 순간을, 우리는 기다리고 또 기다린다고 말한다. 어떤 미래는 말을 해야만, 새로운 이름을 불러주어야만 시간을 성큼 접어 가까이 다가오기 때문에.

좋은 교사가 좋은 예술가일 수 있을까

해가 쏟아지는 학교 운동장을 바라보며 눈을 껌뻑인다. 이건 농담이야, 오전 8시에 이런 명암 대비라니⋯⋯. 어제만 해도 으슬으슬한 화단에 매화의 흰빛이 간신히 매달려 있었는데 오늘은 봄볕이 작정하고 들이닥쳤다. 나는 십 년째 중학교에서 미술 교사로 근무 중이다. 풍선처럼 부풀어오를 교실이 상상된다. 이 계절이 설렘과 흥분, 알 수 없는 간질거림을 아이들 콧구멍에 슬그머니 불어넣을 것이 분명하다. 작은 한숨이 나온다. 변화하는 계절이 경이롭기도 하지만 계절이 나와 삶을 강제한다는 이상한 억울함이 불쑥 솟았으므로. 계절은 흘러간다. 쏴아 강물처럼 흐르는 모래 물결 속에 홀로 작은 막대기를 하나 꽂고 잠시만, 다들 어디로 가나요? 초라한 깃발을 펄럭여본다. 아이들은 누구보다 빠르게 헤엄쳐나가지만, 이럴 때 나는 이전 계절의 술기를 붙들고 오래도록 매만지는 칙칙한 사람이 된다. 하지만 당할 힘이 없지. 나 또한 다음 계절, 그다음 계절이 뽐내는 빛깔과 기쁨에 푹 빠져버리고 마니까. 아이들은 말할 것도 없이 이 계절만의 신비를 몸과 마음으로 펼쳐내겠지.

오늘은 무려 4월 1일이다. 봄 언덕을 딛는 기분으로 교문을 들어선다. 아차차…… 오늘을 위해 인터넷 장바구니에 담아놓은 정어리 모양 초콜릿을 완전히 잊어버렸다. 오늘은 만우절이고, 아이들만 교사를 속이지는 않는다. 교사도 교사를, 교사도 아이들을 속일 수 있다. 하지만 속임수로 쓰려던 물고기 초콜릿을 까맣게 잊었으니 어쩔 수 없다. 아이들은 초콜릿을 먹는 것보다 내가 그들에게 속아 골탕 먹는 것을 훨씬 더 좋아하니까.

만우절 이벤트 실행은 아이들 사이의 거리를 좁혀주는 집단 퍼포먼스의 성격을 갖는다. 3월에 한 반이 되어 아직 서먹한 분위기를 만우절 집단행동으로 단박에 극복하고 연대감을 형성할 수도 있다. 반 바꿔 앉기, 반 팻말 바꿔 달기, 책상을 돌려 교실 뒤편을 보고 앉기 등등이 아이들이 주로 하는 고전적인 장난이다. 한번은 수업을 시작하려는데 교실의 컴퓨터 바탕화면 아이콘이 먹통이었다. 아무리 클릭해도 실행이 안 되어 당황하는 중에 큭큭 아이들이 웃음을 참는 모습이 보였다. 알고 보니 아이들이 바탕화면을 캡처해 배경화면으로 설정해두고, 실제 아이콘은 모두 숨겨놓은 것이었다! 이럴 때 나는 아이들의 기막힌 공연에 초대된 단 한 명의 관객이었다가 동시에 아이들이 만족할 만한 반응을 보여주어야 하는 광대가 된다. 나는 깜빡 속아 넘어가는 사람의 우스운 모습과 아이들의 트릭을 너그럽게 즐기는 여유 있는 어른의 모습 사이에서 줄타기를 한다. 아이들이 까르르 깔깔 웃는다. 한바탕 와자한 순간이 지나가고, 고맙게도 별다른 저항 없이 수업이 이어진다.

나는 좋은 교사가 되고 싶다. 부끄럽게도 이런 평범한 고백을 하기까지 꼬박 십 년이 걸렸다. 오랫동안 나는 좋은 교사가 되려면 좋은 예술가로서의 자질은 희생해야 한다고 생각했기 때문이다. 학교 조직에 잘 적응하고, 훌륭한 어른으로서 본보기가 되는 소위 참교사는 멋진 시를 쓰지 못할 것이라는 두려움을 가지고 살았다. 오래도록 내 안에서 모범적인 교사상과 자유로운 예술가상은 교차할 수 없었다.

갓 시를 발표하기 시작했던 무렵에는 새로 사귀는 예술가 친구들에게 꽤 오랫동안 교사인 사실을 숨겼다. 그 친구들은 나를 요가 강사이거나 백수 시인으로 생각했다. 나중에 내가 중학교 교사인데다 심지어(?!) 공무원이라는 것을 알게 된 한 사진작가는 마치 배신자를 힐난하듯 "어이 정규직!"이라고 큰 소리로 부르는 통에 얼굴이 새빨개지곤 했다. 내겐 그 호칭이 마치 한국전쟁 후 빨갱이라는 멸칭처럼, 진정한 예술가 집단에서 가짜 예술가를 색출하는 호명처럼 들린 것이다. 그러나 모범적인 교사상과 예술가상의 경직된 선입견에 사로잡힌 사람은 바로 나였다. 더 나쁘게도 나는 예술가 되기를 핑계 삼아 교사로서의 미숙함을 방치했다.

교사들은 종종 "하자!" "해보자!"라는 말보다 "안 돼!" "하지마!"라는 말에 사로잡힌다. 신규 교사 시절 나는 타인을 강제하는 말, 특히 타인이 싫어할 법한 말 하기에 어려움을 겪었다. 그러나 주위에는 아이들에게 해도 되는 행동과 안 되는 행동을 엄격하고 단호한 자세로 가르치면서도 아이들에게 존경과 사랑을 받는 동료 선생님들이 많았다. 그러나 나는 뭐든 명료하게 행동하고 말하기가 어려웠다. 누군가에게 지침을 주기에는 의문이 산더미였다. 왜 화장을 하면 안 되고, 왜 교제하는 친구와 스킨십을 하면 안 되는지 몰랐다. 심지어 지각을 하면 왜 안 되고, 청소 빼먹기나 수업 중에 핸드폰 보기는 물론, 욕이나 뒷담화가 무엇이 나쁜지 등 누군가에겐 질문할 필요도 없는 문제조차 고민하곤 했는데, 누군가를 바르게 설득할 수 있는 논리를 찾고 정리하는 데 시간이 필요했기 때문이다. 우물거리다 아이들로부터 저항을 받거나 반발을 사면 당황하고 좌절했다. 그러나 나는 숙고하기보다 주로 괴로워하기에 머물렀다. 마음 한구석에는 이런 괴로움이 예술가 기질로부터 비롯되었다고 여기며 엉성한 위로를 찾는 습관이 생겼다. 예술가들은 원래 고리타분한 학교생활과 맞지 않아. 시인은 예술가고, 누구보다 예민하고 반항적인 부적응자야.

　교사로 살면서도 교사 되기를 끊임없이 밀어내는 사람이 맞닥 뜨릴 수 있는 부작용이란 예를 들면 이렇다. 나는 어느 날 영화 〈해 리 포터〉가 보기 싫어진다. 거기에 학교가 있고, 교실이 있고, 학생 과 교사가 나오기 때문이다. 나는 "오늘 학교에서는 어땠어?"라는 애인의 다정한 질문을 금지시킨다. 학교생활을 떠올리면 고통스럽 다고 조심스럽게 고백하면서. 마찬가지로 나의 가족들은 교육 관 련 뉴스를 보다 문득 우리 가족 중에도 교육계 종사자가 있다는 사 실을 새삼스레 깨닫는다. 내가 좀처럼(결코) 학교생활을 이야기하지 않기 때문이다. 결국 나는 학교 자체를 두려워하기 시작한다. 나는 학교에서의 내 모습을 인정하지 못하다가 급기야 학교에서 나를 만 난 모든 아이들의 머릿속에서 나에 대한 기억이 지워지는 상상을 하며 그러기를 열렬히 바란다. 나는 제자들이 내게 쓴 정성 어린 편 지를 제대로 읽지 못하고 일부러 흐릿한 시야로 빠르게 훑은 뒤, 어 떤 감정이 올라오기 전에 서랍 한구석에 쿠욱 찔러 넣어버린다. 나 는 졸업생들이 나에게 연락하지 못하도록 매해 업무용 휴대폰의 전 화번호를 바꿔버린다. 나는 제자들이 표현하는 감사나 애정을 도저 히 인정할 수 없다(나의 위선을 아이들이 착각한 것이니까). 나는 점점 내가 실패한 교사라고 느끼기 시작한다. 그러나 그것이 내가 비로 소 진정한 예술가가 되었다고 말해주는 것 같진 않다. 이상하다, 이 상하다, 이상하다.

"음…… 선생님은…… 사라졌잖아요."

몇 해 전 씨네큐브에 혼자 영화를 보러 간 날, 로비에서 우연히 마주친 졸업생 L이 멋쩍은 듯 내게 던진 말이었다. 내게 그 말은 "당신은 도망갔잖아요"와 같은 말이었다. 순간 옆구리가 깊게 찔린 듯 숨이 멎었다. 그해 L을 포함한 우리 반 아이들의 졸업과 함께 나 또한 다른 학교로 전출을 갔다. 연례행사인 듯 업무용 핸드폰의 번호도 바꾸었다. 어떤 아이들은 스승의 날이며 시험이 끝난 날 나를 보고 싶어 했지만, 연락이 닿을 리 없었다. 사실 나는 그해 우리 반 아이들을, 그리고 L을 무척 좋아했고 함께하는 내내 고마운 마음을 가지고 있었다. 그런 아이들을 거부한 것은 순전히 내 문제 때문이다. L의 말이 맞다. 나는 도망을 갔다. 좋은 교사로부터, 좋은 어른으로부터, 좋은 사람으로부터. 도망간 자리에 좋은 예술가는 없었다. 황폐한 마음과, 하루하루 출근길의 고행이 있을 뿐…….

4월 1일도 정신없이 지나가고, 종례를 마친 아이들이 왁자지껄 집이며, 편의점, 학원으로 향한다. 교무실이 고요해질 무렵 머리부터 발끝까지 털투성이인 거대 바야바(?!)가 교무실에 불쑥 들이닥쳤다. "해피 만우절!!" 인사 소리에 선생님들이 깜짝 놀라 뒤를 돌아봤다. 2학년 Q인지 알아보는 데 한참이 걸렸다. 눈만 빼고 다 가린 데다, 1학년 때보다 훌쩍 키가 컸기 때문이다. Q는 작년 내 첫 수업부터 엉뚱한 질문과 중얼거림으로 눈길을 끌었는데, 반 아이들이 은연중에 놀리거나 소외시키는 아이었다. "너 오늘 이러고 학교 왔어?" "아뇨, 교복 입고 왔는데 집에 가서 갈아입고 뛰어왔어요." Q는 선생님들에게 장난이 치고 싶어서, 아이들이 다 돌아간 뒤에 학교로 돌아온 것이다. 선생님들은 커다랗게 웃어주었다. 나는 카메라를 꺼내 Q가 선생님들을 놀래키는 모습을 열심히 찍어두었다.

교사는, 특히 예술을 가르친다고 이야기하는 교사는 아이들에게 꿈을 주어야 하며 그것은 진실로 그들을 사랑하는 마음과 이해의 입장에서 이루어져야 한다. 특별한 편견 없이 공정한 입장에서 아이들을 판단해야 한다. 연연해하지 말 것이며 끊임없이 노력하는 모습을 아이들에게 보여주어야 한다.

_안은미, 《공간을 스코어링하다》

갓 대학을 졸업한 젊은 안은미가 학생들을 가르치며 적어내린 일기에서 교사로서의 책임감과 패기가 넘친다. 88년도에나 지금이나 안은미는 탁월한 예술가이자 훌륭한 스승으로 살고 있다. 단원들뿐 아니라 일반 대중과도 자주 워크숍을 가지는 그는 각양각색의 사람들과 소통하며 서로의 이야기를 발견하는 일이 즐겁고 재밌다고 말한다.

좋은 교사는 좋은 예술가일 수 있다. 반대로 좋은 예술가는 좋은 교사일 수도 있다. 나는 이제 이 명제를 의혹 없이 누군가에게 건넬 수 있다. 좋은 교사도 좋은 예술가도, 사람과 세계를 연결하고 더 나은 삶을 위해 질문하는 사람이기 때문이다. 나는 완벽한 교사도 아니고 완벽한 예술가도 아니지만 그래도 괜찮다. 이 단순한 입장을 받아들이기 위해 십 년을 헤맸다.

나는 늘 사냥꾼, 낚시꾼, 양치기 혹은 비평가로 살아야만 하는 것이 아니라, 그때그때 즐거움을 느끼는 대로 아침에는 사냥을, 오후에는 낚시를, 저녁에는 목축을 그리고 저녁을 먹고 난 이후에는 비평을 할 수도 있다.

_마르크스, 《독일 이데올로기 1권》

베갯잇에 넣어둔 쪽지처럼 이 문장을 자주 만지작거린다. 조금씩 학교에서 아이들과 눈 마주치는 일, 아이들이 성큼성큼 자라는 모습을 지켜보는 일이 편안해진다. 아이들이 그려준 내 초상화와 귀여운 그림들, 졸업생이 부친 편지들을 책상 파티션의 가장 잘 보이는 자리에 붙여둔다. 좋은 교사처럼 보이려고, 또 멋진 예술가처럼 보이려고 노력하지 않기로 한다. 가르치고, 업무를 하고, 글을 쓰는 행위가 나를 통과하도록 문을 열어둔다. 그리하여 교사로도 시인으로도 되지 않는 일, 최선과 자유의 조화를 배워간다.

질문해도 될까요

매일매일 '왜?'라는 질문으로 시작하죠.

_안은미,《공간을 스코어링하다》

나는 '왜?'라는 질문은 거의(절대로) 하지 않는 아이였다. 나는 착하거나 순한 아이가 아니라, 편한 아이였기 때문이다. 어디에서나 잘 적응하고 잘 맞추는 사람이 되고 싶었다. 교실에는 나와 같은 친구들이 대부분이었다. 하지만 우리가 질문하지 않는 이유가 질문이 없어서는 아니었다. 세상이 질문하는 사람에게 불편한 기색을 했기 때문에, 답을 고민하기 전에 질문자의 자격부터 점검했기 때문에, 무엇보다 질문을 해도 돌아오는 대답에서 배울 점이 없을 것 같았기 때문이다. 슬프게도.

이따금 창작과 관련된 외부 강의를 할 때 학인들에게 참고 작품에서 주제를 찾기보다 작가가 품은 질문을 찾아보라고 권한다. 질문 찾기는 작품에 대한 인상이나 감정과 같은 정서적 반응 발견하기에서 숙고와 성찰하기로 나아가는 방법이기도 하다. 또 무엇을 그리거나 쓰려고 할 때, '어떠어떠한 주제를 표현해야지'라고 정해두지 말고 내가 궁금한 게 무엇인지 먼저 생각해보고 작품을 만들며 그 질문을 구체화시켜보라고도 한다. 좋은 작품은 감상자에게 좋은 질문을 남기기 때문이다. 감상자는 작품에서 창작자가 자신의 질문을 다루는 방식과 태도를 경험하게 된다.

> 시의 말은 확실한 외관을 뽐내는 모든 것들의 불확실함에 대한 확인이며, 끝없이 꼬리를 무는 질문의 연출이다.
>
> _황현산, 《잘 표현된 불행》

창작자는 질문을 던지는 사람이지만 자기가 던진 질문에 명쾌한 해답을 내놓는다기보다(그럴 수 있으면 얼마나 좋겠나) 질문을 꼭 쥐고 끝까지 달려보는 사람, 질문을 놓치거나 흘리지 않는 사람에 가깝다. 질문을 붙들고 헤매다보면 해답이 보일 수도 있지만, 또 다른 질문을 만날 수도 있다. 당신이 탁월한 예술작품, 가슴이 꽉 차 정수리부터 배꼽, 발바닥까지 파장이 흐르면서 심연을 파고드는 힘 있는 작품을 만난다고 해도(일단 복된 일이다) 그 떨림과 울림은 영원할 수 없다. 대신 그 자리에 질문이 남는다. 그것이 작품의 정수이자 본질이다. 질문은 각자 다를 수 있다. 당신이 질문을 재구성했기 때문이다. 감동의 순간은 지나가고, 당신의 마음속엔 질문의 굴렁쇠가 남는다. 그 굴렁쇠를 계속 굴리는 일은 이제 당신의 몫이다.

> 우리가 제일 모르는 것, 우리가 아시아인이라는 것
> 우리가 제일 모르는 것, 우리가 짐승이라는 것
> 우리가 제일 모르는 것, 우리가 끝끝내 여자라는 것
> _김혜순, 《여자짐승아시아하기》

　　질문 만들기도 질문 찾기도 하다보면 는다. 안은미는 여러 면에서 질문의 고수인데, 무엇보다 질문 내용과 방식이 시간적으로 앞서기 때문이다. 1993년의 〈하얀 무덤〉, 〈달거리〉, 1995년 〈토마토 무덤〉, 〈하얀 달〉 등 무덤 시리즈와 달 시리즈는 낭자하고 파격적인 방식으로 여성이라는 사회화된 젠더와 섹슈얼리티, 다중 주체의 가능성에 대한 질문을 던졌다. 2010년대 이후에야 한국 사회에서 주 담론이 된 문제의식을 일찍이 무대에서 정면으로 다루었던 것이다. 그 질문은 〈하늘고추〉(2002), 〈심포카 바리〉(2007), 〈거시기 모놀로그〉(2019) 시리즈와 〈여자야 여자야〉(2023) 등 이후 작품에서도 다른 모습으로 끈질기게 등장한다.

　　안은미의 질문은 공간적으로도 광대하여 전 지구를 향한다. 그가 기록자이자 연구자의 마음가짐으로 꾸준히 던져온 질문 중

하나는 '아시아성'인데, 〈드래곤즈〉(2021), 〈잘란잘란〉(2022), 〈웰컴
투 유어 코리아〉(2023)와 같은 작품은 인도네시아, 베트남, 태국, 말
레이시아 등 아시아 대륙의 무용수와 일반인을 참여시키며 아시아
의 지정학적·문화적·역사적 정체성을 독창적으로 탐구한다.

**

　글쓰기 수업에서 학인들과 세상에 얼마나 다양한 질문이 있는
지 나열해본 적이 있다. 아침마다 하는 질문, 어리석은 질문, 웃긴 질
문, 분노를 일으키는 질문, 성의 없는 질문, 공들인 질문, 오래된 질
문, 예리한 질문, 아무도 상처 주지 않는 질문, 스쳐가는 질문, 궁금
하지 않은데도 하는 질문…….

　우리를 문득 멈추게 하는 힘, 일상과 세계를 새롭게 하는 힘이
고통이 아니라 질문에서 나왔으면 좋겠다. 편한 사람보다 좋은 사람
이 되고 싶다. 주눅 들지 않고 끈기 있게 좋은 질문을 던지는 연습
을 해야 한다. 메리 올리버는 우리에게 두 가지 선물이 주어졌다고
말한다. 사랑하는 능력과 질문하는 능력. 그의 말대로 이 두 가지
선물은 우리를 따뜻하게 해주는 불인 동시에 우리를 태우고 변화
시키는 불이기도 하다. 불길 속에서 우리는 '그 질문'을 하기 전으로
는 결코 되돌아갈 수 없는 존재가 된다.

흉내의 미덕

"나는, 흉내를 잘 내."

S가 구부정한 자세로 딱딱한 프레첼을 씹으며 말했다. S는 클래식 발레 전공자로 여섯 살 때부터 발레를 시작해 영재 소리를 들으며 엘리트 코스를 밟았다. 고등학교와 대학교 때 월반하여 이미 20대 초반에는 국제 무대에 섰고 프랑스와 러시아 무대에서 솔리스트로 활약했다("그땐 발레를 빼면 나는 아무것도 아니었어"). 나이가 비슷한 S와 나는 서른 초반 무렵에 만나 친구가 되었는데, 그는 20대 후반에 돌연 해외 발레단 생활을 접고 귀국하여 현대무용 안무가의 길을 가고 있었다. 여느 날처럼 헐렁한 자루 옷을 입고 연남동에 나타난 S는 단골집이라며 미국식 정크스낵과 맥주를 파는 곳으로 나를 이끌었다. 그런 그에게 "평생 발레를 했는데 어째서 발레리나 느낌이 안 나?"라고 막 물은 참이었다.

교사 집단 특유의 말투가 있듯(교사들은 상대방이 이해했는지 되묻는 것이 습관이라 한다) 일상적인 동작에서도 감출 수 없는 클래식 발레 전공자 특유의 자세, 몸짓, 눈빛이 있다. 시선을 던지는 높이와 속도, 목과 팔이 그리는 곡선, 몸을 기울이거나 걸을 때 느껴지는 부드러운 긴장이 그렇다(과자나 정크푸드와는 거리가 멀고요). 나는 예고와 한 캠퍼스를 쓴 고등학교 시절과 무용대학과 건물을 마주보던 대학 시절을 거치며 클래식 발레·한국무용·현대무용 전공자를 구분해내는 나름의 눈썰미를 갖게 되었다. 유럽의 식당 주인이 한·중·일 동북아시아 삼국의 손님을 구분해내듯 말이다. 현대무용은 다른 두 장르에 비해 표현의 스펙트럼이 넓어 구체적인 특징을 말하기는 어렵지만, 뭐랄까, 현대무용수에겐 뚜렷한 개성과 자유로운 에너지로부터 나오는 탄력과 창의성이 느껴진다. 지금 S에게서 풍기는 바로 그런 분위기 말이다.

"하긴, 처음부터 현대무용수 같았어(처음 만났던 자리에서 그는 쫄병스낵을 먹고 있었다)." 내 말은 나름 발레리나로서의 경력을 과감히 접고 신인 안무가로 뛰어든 S를 응원하는 말이기도 했다. 그런데 대뜸 흉내라는 그의 대답에 정신이 번쩍 들지 않는가.

창작자가 흉내를 잘 낸다고 말하는 것은 어떤 맥락에서는 무척 조심스럽다. S가 스스로 '흉내를 잘'이라고 말하는 순간 나는 잠깐 숨을 고르고 말았다. 첫째로 나도 그렇기 때문이고, 둘째로 S가

대답하기 전까지는 그 사실을 미처 몰랐기 때문이다. "아아!" 나는 눈을 깜빡거렸다. S에게 모방을 잘하는 특별한 노하우가 있는지 궁금했다.

"나는 뭘 하기로 하면, 그걸 이미 하고 있는 사람들을 잘 관찰해." S가 멀리 있던 생각을 데려와 앉히듯 물끄러미 우리 사이의 허공을 똑바로 응시했다. 관찰왕이군. S는 현대무용 작업에 참여해온 몇 년간 많은 무용수들을 만나며 그들만의 특징과 현대무용이라는 장르의 본질을 질문하는 과정에서 나름의 스타일을 체화한 것이다.

가난한 청년 시절, 부자가 되고 싶어 일주일에 한 번씩 모은 돈을 털어 고급 레스토랑을 찾아갔다는 선박왕 오나시스의 일화는 유명하다. 그는 식사를 하며 부자들의 행동을 면밀히 관찰했다지. 보후밀 흐라발의 소설 《영국왕을 모셨지》의 주인공 디테 또한 관찰을 특기이자 생존 전략으로 삼는다. 디테는 호텔의 견습 웨이터였다. 오나시스와 디테의 공통점은 작은 키와 보잘것없는 외모, 뛰어난 관찰력, 그리고 마침내 백만장자가 되었다는 점이다. 그러나 디테는 사업가와 장군, 대통령, 기업가 등 부유한 상류층 손님들의 그럴 싸한 외양 외에도 탐욕스럽고 해괴망측하며 위선적인 면까지 낱낱이 지켜보았다. 오나시스와 달리 디테가 모범으로 삼은 사람은 부자 손님이나 호텔 사장이 아니었다. 여러 호텔을 전전했던 그의 진정한 롤모델은 호텔 지배인인 즈데네크와 스크르지바네크였는데, 디테는 그들의 행동에 비치는 자부심과 기품, 그리고 위기 상황에서 발휘하는 순발력과 재치를 기억했다. 소설의 마지막에서 디테는 고양이와 조랑말, 염소와 함께 작은 오두막에서 살며 동물들을 자신이 모시는 손님으로 대한다. 디테의 통찰은 관찰에서 비롯되었다. 그는 그 경험을 삶에 통합시킴으로써 굴곡진 과거를 존중하고, 자신과 일치를 이룬다.

**

　근무 학교를 옮기던 해에 나는 내가 존경하는 사람의 모습처럼 살아보고 싶었다, 새 근무지에 나를 아는 사람이 한 명도 없다는 사실이 나를 진작부터 들뜨게 만들었다. 그래, 이 학교에선 내가 동경하는 L선생님처럼 되어보는 거야!! 함께 근무했던 국어과 L선생님은 온화함과 신비로움, 날카로운 지성과 고요한 내면을 지닌 분이다. 샤를로트 갱스부르의 꾸미지 않은 우아함에 시몬 드 보부아르의 명석함, 그리고 루나 러브굿(해리 포터의 친구, 마법사)의 신비로움을 합해도 L선생님의 멋짐에 견주기 어렵다. 나는 선생님만큼 독서를 사랑하는 사람을 본 적이 없는데, 무엇보다 선생님은 읽고 성찰한 만큼 삶의 현장에서 실천하고, 행동으로 책임을 다한다. L 선생님의 품위는 바로 거기에서 비롯된다. 그뿐인가, 선생님의 걸음걸이는 마치 산들바람에 신발이라는 작은 추를 달아놓은 것처럼 나긋

하면서도 힘이 있어 흔들림이 없다. "L선생님은 100미터 앞에서 걸어오실 때부터 우아하세요." 내 말에 동료 선생님들이 격정적으로 동의하지 않았는가. 천 리 길도 한 걸음부터이기에, 나는 일단 그분의 걸음걸이부터 따라 하기로 했다.

첫 출근길에 선생님의 걸음을 상상하며 움직이는데, 비슷하기는커녕 영 어색했다. 왜일까? 자세나 속도, 다리의 움직임만이 걸음의 형식이 아니었기 때문이다. 선생님을 떠올리며 연습을 계속했다. 아, 호흡! 그렇다. 시선이 걸음의 가로축이라면, 호흡은 걸음의 세로축이었다. 선생님처럼 걸으려면 천천히 숨을 내뱉고, 시선을 멀리 던지며 발을 옮겨야 했다. 어라, 조금 비슷해. 그러나 느리고 깊은 호흡은 의식하지 않는 순간 금방 원래대로 돌아가버렸다. 호흡이야말로 마음의 영향을 크게 받지 않는가. 그 걸음은 특유의 평온에서 나오는 걸음이었다. 신념으로부터의 긴장과 삶에 대한 관조와 사랑 사이에서의 평형. 나는 걸음에서 호흡으로, 호흡에서 마음가짐으로 거슬러오르며 걸음걸이를 바꾸려다 그만 긴 수련修練 길에 올랐다.

하지만 수련이라니! 훈련보다도, 단련보다도 이 단어가 마음에 든다. 그렇다, 수련이야말로 흉내에 숨겨진 빛나는 덕목인 셈이다. 중심에서 한 잎, 한 잎 사이를 벌려 품을 넓이는 수련睡蓮처럼, 인간의 가능성을 부드럽게 열면서도 흩어짐이 없도록 만들어줄 것만 같다.

새 학교로 옮긴 지 벌써 사 년이 훌쩍 지났다. 바로 어제는 휘청거리듯 걷는다는 말을 듣기까지 했다. 그러나 걸음걸이의 변화와 상관없이, 나는 여전히 그 걸음에 깃든 여유와 투지 그리고 삶에 대한 미소를 기억한다. 이제 마음이 초조하고 어깨가 잔뜩 솟을 때면 아차차, 잠시 숨을 고를 수 있는 정도는 된다. 나름의 느릿한 방식으로도 수련은 계속되기 때문에.

**

이 글을 쓰는 중에 마침 S에게 메시지가 왔다. S는 M과 함께 있는 SNS 창에서 M을 위로하는 중이었다. 뮤지컬 극을 쓰고 연출하는 M이 제작자들과의 반복되는 갈등에 지친 나머지 더 이상 이 일을 계속해야 할 이유를 모르겠다며 좌절감을 털어놓았기 때문이다. S가 위로하며 말했다. "난 내 본질이 흐려지고 스스로 나약하게 느껴지는 위기의 순간이 오면 엘리자베스 1세 여왕을 보면서 위로를 받아." "엘리자베스 1세?" 내가 끼어들자, "응, 나는 엘리자베스 1세랑 수양대군(세조)이 가장 좋아"라는 답이 돌아온다. 우리는 세조의 모순과 뚝심에 대해, 엘리자베스 1세를 다룬 작품에 대해, 삶의 무게와 군주의 역할에 대해, 그리고 M의 최근 공연에 대해 한참을 떠들다 결국 게임 〈마비노기〉와 줄리 앤드루스 주연의 뮤지컬 영화 〈메리 포핀스〉로까지 이야기를 이어갔고, '쇼 머스트 고 온'을 외치며 대화를 마감했다.

S의 프로필 사진을 눌러본다. 몇 해 전 그는 창작 활동을 쉬면서 발레 학원을 열었고, 다시 발레의 세계로 돌아갔다. 사진 속엔 아이들이 수상한 콩쿠르 트로피가 빼곡하다. 나는 엘리자베스 1세와 세조를 본보기로 삼는 발레 학원 원장을 그려본다. 매일 아침 혼자 연습실에서 아주아주 느린 스트레칭을 할 때 몸도 마음도 온전히 회복되는 느낌이 든다고 말하던 그의 힘 있는 표정도. 누굴 흉내 내더라도 S는 그답게 고고하다. 화려한 호텔에서 아비시니아 황제까지 모셨던 웨이터 디테는 시골의 버려진 오두막에서 동물들을 모시며 인간의 삶과 죽음을 곰곰이 성찰했다. 흉내의 또 다른 덕목은 성찰 아닌가? 그 깨달음을 들려주는 사람, 이야기의 지은이는 누구나 자기 자신이고.

성전에서 춤을

　내가 신神인 세상에는 노래방이 없을 것이다. 노래방이 있더라
도 노래방을 위한 탬버린은 없을 것이다. 탬버린이 있더라도 서비
스로 넣어주는 십 분은 없을 것이다. 서비스 시간은 있더라도 발라
드 곡에 추는 부르스…… 부르스만은……(이 정도까지 양보해야 하
다니……). 노래방에 가자는 말만 들어도 척추가 뻣뻣해지고 어떻게
도망을 갈지 창백해진 머리를 굴리는 처지이지만 노래방에서 누구
보다 신나게 놀던 중학생 시절도 있었다. (물론 5~7년이면 신체의 모
든 세포가 완전히 교체된다는 생물학의 설명에 따르면 그때의 나는 지금
과 전혀 다른 인간이다.) 그때는 절친한 친구 세 명과 서로의 생일마
다 피자집이나 패밀리 레스토랑에서 와구와구 식사를 하고, 득달같
이 노래방에 달려가 목이 쉬도록 노래를 하는 코스를 무척이나 좋
아했다.

그나마 노래방은 즐겨 찾은 추억이라도 있지만, 무도장, 그러니까 클럽, 콜라텍, 밤과음악사이(기억하시나요)처럼 춤을 추는 장소는 거의 경험이 없다. 20대 시절 단 두 번 비슷한 곳에 가보았는데 두 번 다 이러저러한 낭패를 겪었다. 한 번은 댄스플로어가 있는 스위스의 어느 바에서 히죽거리는 호주인 하나가 볼에 키스를 해달라는 통에 뛰쳐나왔고, 다른 한 번은 지인이 자선 파티를 한다며 초대한 청담동의 어느 클럽에서 쭈뼛거리다 나왔는데, 돌아오는 길에 택시 기사에게 배려랍시고 언짢은 말—여자들은 손 타니까 빨리 태워줘야지—을 들은 것이다.

아무래도 나는 가무가 펼쳐지는 장소에서는 영 흥을 돋우지 못하고 몸이 굳어버리는 소심한 사람인 듯하지만 그렇게만 결론을 내기엔 퍽 억울하다. 사실 나는 음악이 흐를 때면 몸이 도무지 가만히 있지 못하는, 내 안의 굵은 뿌리부터 잔뿌리까지 음악의 파동에 철썩 달라붙어 그 진동을 주체하지 못하는 아주 촐싹 맞은 사람이기 때문이다.

어린 시절 나를 부드럽게 열어 흔드는 장소, 내 안에 춤이 일어나는 장소는 성당이었다. 지금도 성당에서 미사곡들을 듣고 부르는 순간에는 일렁일렁 나도 모르게 몸이 흔들린다. 지휘자처럼 손과 팔을 흔들며 눈을 감으면, 노를 저어나가듯 음악의 유속으로 깊이

빨려 들어간다. 옆에서 가족이 쿡 찌르거나(주로 엄마), 주변의 눈치가 보일 때는 발가락이라도 쉴 새 없이 꼼지락거리지 않으면 배길 수가 없다.

애석하게도 가톨릭 예술에 음악과 미술, 건축은 있지만 춤은 전혀 없는데, 춤은 곧 몸이고, 몸은 미사 중에는 더욱 얇아지고 희미해져야 하는 물질이기 때문이다. 미사 시간에 빛나는 유일한 몸은 그리스도의 몸이다. 얇고 둥근 제병(마분지만큼 납작하다)이 그리스도의 성체로, 신부가 높이 들어 올려 축성한 성체를 신자들이 받아 모시며(먹으며) 고개 숙여 그 거룩한 신비를 묵상한다. 예수의 죽음이 죄와 죽음으로부터 세상을 해방시켰기 때문이다. 이 장엄한 성찬례의 기적과 신비가 왜 기쁨의 춤이 되지 못한단 말인가?

미사에 춤이 차고 넘쳐도 무사하다는 사실을 아프리카의 미사가 증명한다. 말라위, 잠비아, 케냐의 미사 영상을 찾아보면 그곳의 미사는 그야말로 북소리와 춤으로 들썩거리는 흥겨운 축제 같다. 때로 입당송(시작성가)에서 춤추고 노래하는 데만 한 시간이 넘어간다고 하니 놀랍다. 어느 영상에서는 신부가 성전에 입장할 때 후광이 비쳐 깜짝 놀랐는데 다시 보니 신부 주위로 바짝 뒤따르는 복사 아이들의 함박 미소와 리드미컬한 춤의 신명에서 오는 빛이었다. 나는 예능 프로그램의 막춤 또는 세계 최정상 무용단인 NDT의 공연 영상을 보는 것보다 이 아프리카 미사 영상에서 더 큰 기쁨을 느꼈다. 무엇보다 그들이 활짝 웃고 있기 때문이다. 찬양과 경배의 몸짓이 이렇게 흥겨울 수 있구나. 종교가 돈도 건강도 명예도 권력도 주지 않는다면(이따금 점심 국수는 준다), 미소라도 주어야 하지 않겠나. 어쩌면 미소야말로 고통스러운 삶에서 신앙인이 누릴 수 있는 최고의 명예이다. 우리는 미소로부터 내적 평화와 여유, 감사와 기쁨, 거룩함과 위로의 존재를 깨닫는다.

그런데 이 미소, 웃음이 문제인 것이 분명하다. 춤을 추면서 웃지 않기란 힘든 일이기 때문이다. 나는 안은미의 〈조상님께 바치는 댄스〉에 중간중간 삽입된 전국 팔도 할머니들의 막춤(음악은 제거되어 있다) 영상을 보다가, 사람은 누구나 춤을 출 때 절로 웃게 된다는 사실을 알았다. 모든 할머니들이 흔들흔들 춤을 추면서 배시시 또는 함박 또는 깔깔 웃었기 때문이다. 춤추는 사람끼리 교감이 일어날수록 더 큰 미소가 떠오른다. 반대로 춤추는 사람이 점점 눈꼬리, 입꼬리가 처지더니 마침내 서글퍼 주저앉는다고는 여간해서 상상하기 힘들다. 춤은 신체에 상승 기운을 일으키기 때문이다.

움베르트 에코의 소설 《장미의 이름》에서 원로 사제인 호르헤 수도사는 진정한 신앙인에게는 웃음이 없어야 한다고 철석같이 믿는 인물이다. 웃음이 종교의 거룩함에 해를 입힌다고 여기는 그는 묵시론적 광기에 사로잡혀 희극을 다룬 아리스토텔레스의 《시학》 2권에 독을 발라놓는다. 그 책을 읽고 웃는 자들을 죽임으로써 그 책과 함께 웃음을 영원히 봉인하길 원한 것이다. 웃음이 세속이고 불순이며 타락과 관능이자 경박함이라고 지금도 여전히 두려워할까?

한국 외의 서유럽, 북미의 미사를 가봐도 분위기는 비슷하다. 내내 침침한 낯빛의 사람들이 마지막 파견 성가를 부를 때쯤에야 얼굴에 희미한 활기를 되찾는데, 물론 미사라는 의무를 잘 수행했다는 안도감과 보람 때문이다. 파견 성가가 끝나고 영광송을 암송한 뒤에는 너나 할 것 없이 후련한 표정으로 성전에서 쏟아져나온다. 아프리카에서도 가톨릭교회가 정착한 지역일수록 척박한 선교지보다 신자석의 춤이 절제된다. 흔들흔들 흥겨운 몸짓과 미소는 남아 있지만.

나도 성전에서 그들처럼 춤추고 싶다. 그런 춤은 뭐라고 불러야 할까? 바람 부는 들판의 청보리들이 푸르게 흔들리는 춤 말이다. 오르간이 고래 배 속 같은 성전을 그윽하게 채우면 스테인드글라스의 색 그림자를 베일처럼 두르고, 열을 맞춘 나무 의자와 사람들이 파도처럼 일렁이는 모습을 그려본다. 춤과 몸에 입혀진 금욕적인 함의는 사라지고, 기쁨과 감사가 땅에서 하늘로 오르는 모습이 목격되리라. 내가 신이라면 이런 미사에 내려와 신자들과 더덩실 춤을 추겠다. 아이 같은 웃음과 함께!

장면들 3
-사마귀 왈츠

**

　점심시간에 소포를 부치러 우체국에 들렀다. 대기표를 쥐고 앉아 있는데 수화물을 밀며 후문으로 들어오던 직원이 우뚝 걸음을 멈추더니 괴상한 동작을 하는 모습이 보였다. 다리 한쪽은 구부린 채 쭉 편 반대편 다리를 휘익휘익 천천히 움직이며 반원 그리기를 반복하고 있었다. 무슨 일인가 싶어 가까이 가보았더니, 발등에 사마귀 한 마리가 매달려 있는 게 아닌가? 직원은 수레를 밀다 입구를 막아선 사마귀를 보고 화단으로 보내주려고 발등에 살살 사마귀를 태웠던 것이다. 연한 풀빛의 사마귀는 직원의 발목을 단단히 붙잡고 허리 아래로 날개를 치마처럼 펼친 채 좀처럼 떨어질 줄을 몰랐다. 왈츠라도 추고 싶었던 걸까?

**

　2002년, 여고 3학년 시절 우리 반 정원은 오십칠 명이었다. 이 오십칠 명이나 되는 아이들이 숨소리도 내지 않고 수업을 듣는 시간은 문학 시간이었다. 문학 선생님은 새카만 눈동자에 숱 많은 눈썹을 한 중년이었는데, 아이들은 문학 시간이면 종이 치기 무섭게 우당탕 자리에 앉으며 책상 줄을 맞추고 책가방의 열린 지퍼를 잠그기 바빴다. 책가방이 열려 있으면 선생님에게 혼쭐이 났기 때문이다. 나는 책상 줄 맞추기에 집착하는 교사는 봤어도 책가방 지퍼에 집착하는 교사는 처음이었다. 그는 여고생들의 가방이 헤벌쭉 열려 있는 모습이 방종의 상징이자 그 자신에게 커다란 모욕이라도 되는 듯 호통을 쳤다. 책가방을 벌려놓아서도 안 될 뿐만 아니라, 턱을 괴어서도 안 됐다. 턱을 괴면 잠을 자게 된다는 것이 금지의 이유였는데, 그보다는 여학생들이 턱을 괴고 그를 올려다보는 자세 역시 그에게 모욕감을 주기 때문이라는 것을 우리는 문학적 상상력을 발휘하여 추측할 수 있었다. 수업을 듣다 누군가 저도 모르게 턱을 괴면 그는 하던 말을 뚝 멈추고 그 학생을 뚫어져라 쳐다보며 팔을 들어 큰 주먹을 허공에 매단다. 그러면 자신의 죄를 알아챈 학생은 일어나 그 주먹을 향해 달려 머리를 세게 찧어야 한다(내가 얼마나 턱을 자주 괴었는지 말해 뭐 하랴). 살살 하면 몇 번이고 다시 하라는 명령이 떨어진다. 누군가 멀리서 우리 수업을 바라보았더라면 얼마나 진기했을까? 그 선생님의 커다란 주먹과 우리 정수리에 마치

자석이라도 붙은 듯 한 시간에도 몇 명씩 벌떡 일어나 주먹을 향해 달려가는 모습을 보면 말이다. 우리는 몇 개월만 지나면 스무 살이 되었지만, 성년과 미성년을 가르는 선은 그토록 선명했고 기이했다. 미성년에겐 가방을 열어두거나, 고개를 기울여 강의를 듣는 것과 같은 사소한 행위조차 누군가 간섭하고 교정해도 되는 일, 그에 대해 스스로 체벌해야 하는 일이었던 것이다.

**

일본의 문예평론가이자 열렬한 무용 애호가인 미우라 마사시의 글을 읽다가 한 구절에서 무릎을 쳤다.

> 어떠한 보잘것없는 행위라도 반복하면 무용이 된다.
> 그리고 많은 사람이 일제히 행하면, 무용이 된다.
> _미우라 마사시, 《무용의 현대》

마사시는 마치 광주리에 사과를 한 알씩 열두 번 담으면 사과가 모두 열두 개가 된다는 사실을 말하듯 태연하게 말을 잇는데, 내게는 특히 첫 번째 법칙—어떠한 보잘것없는 행위라도 반복하면 무용이 된다—이 마술처럼 신비롭고 또 소중하게 느껴진다. 다른 어떤 예술 장르보다 무용에서 이 반복의 법칙은 강력하게 작동하기 때문이다. 워홀이 미술관 바닥에 브릴로Brillo(미국의 가루 세제

브랜드) 박스를 반복해서 쌓아놓았을 때 많은 사람들은 그것이 어떤 의미인지, 어떻게 미술작품이 될 수 있는지 몰라 작가나 권위자가 이러쿵저러쿵 (폼을 잡고) 늘어놓는 설명을 들어야 했다. 반면 무용에서는 피나 바우쉬가 일상의 구체적이고 평범한 동작을 반복하는 안무—연속으로 뺨을 쓸어내리거나 팔짱을 끼웠다 푸는 동작 등—를 무대 위에 올렸을 때, 사람들은 새로움에 당황하면서도 (반복의 법칙에 의해) 본능적으로 그 움직임을 무용으로 느꼈으며 심지어 눈물을 흘렸다.

**

나는 이 법칙의 비밀을 알고 싶었다. 왜 무용에서 수행하는 반복, 특히 많은 사람이 하는 집단적인 반복은 쾌감과 함께 격정이나 슬픔, 때로 장엄한 예술성까지 느끼게 할까? 반복은 처음엔 똑똑똑 방문을 두드리는 노크처럼 우리 주의를 끈다. 그러다 온 세상의 지붕을 세차게 두드리는 장대비처럼 우리의 감각과 의식을 끝없이 고양시킨다.

**

누군가 엄마라는 단어를 말한다고 해보자. 그가 엄마, 라고 한 번만 말하지 않고 엄마, 엄마, 엄마……라고 반복해서 말한다면, 그리고 거기에 두 명, 세 명, 열 명, 스무 명의 목소리가 겹쳐진다면…… 엄마는 더 이상 엄마가 아닌 소리로 해체되고 추상화된다. 그러나 그 단어는 여전히 엄마이기도 하다. 엄마의 반복은 리얼리티와 추상 사이를 왕복하며 특유의 진동을 만들어낸다. 무용에서의 반복도 마찬가지로 일상의 연속된 동작에서 독립해 그만의 리듬감과 형식미를 갖춘다. 그러나 우리 의식에는 어떤 동작이 일상에서 수행하던 기능과 의미가 여전히 살아 있다.

**

초등학교 4학년 때 내 담임 선생님은 결벽증이 있었다. 그는 가끔 퇴근하지 않고 몰래 교실 문을 안에서 잠근 뒤 학교에서 잠을 잔다는 소문이 돌았다. 실제로 그는 아내와 부부 싸움을 하면 집에 들어가기는 싫은데 여관 같은 숙소는 지저분해서 싫다고 말한 적이 있다. 어느 날 나는 학급 문고에 있는 책을 뽑아 읽고 무심코 아무 자리에 꽂아두었는데, 수업시간에 선생님이 책꽂이를 보고 우뚝 서더니 내가 책을 꽂은 자리를 가리키며 누가 이렇게 해놨느냐고 물었다. 나는 체한 듯한 얼굴로 슬머시 손을 들었다. 그러자 그는 나를 삼켜버릴 것처럼 노려보며 원래 있던 자리에 돌려놓지 않았다고 불같이 화를 냈다. 그 후로 나는 그 책꽂이에서 한 번도 책을 꺼내 읽지 않았다. 다른 날은 한 남자아이가 수업 중에 장난을 치다 교단으로 불려 나왔다. 길고 마른 얼굴에 뺨 언저리에 점이 있는 아이였다. 선생님의 훈계가 시작되자 그 아이가 슬몃 민망해하는 웃음을 지었다. 그러자 선생님은 팔을 홱 치켜들더니 그 아이의 뺨을 내려치기 시작했다. 아이는 맞을 때마다 반보씩 뒤로 밀려났고 선생님은 칠판 중앙에서 시작해 그 아이가 앞문에 등이 부딪혀 더 이상 물러날 수 없을 때까지 계속해서 뺨을 갈겼다. 한 번, 두 번, 세 번, 네 번…… 일곱 번. 나는 그 횟수를 헤아렸다. 그날 나는 그 남학생과 나 자신, 그리고 반 아이들 모두에게 이중적인 인식이 생겼다. 우리는 어른이 화가 나면 우리 신체에 폭력을 가해도 되는 하찮고 보잘것없는 존재라는 것과, 뺨에 피가 맺힐 정도로 연달아 따귀를 맞아도 한 방울의 눈물도 없이 제자리에 돌아가 앉을 수 있는 대단한 존재라는 것 말이다.

**

복제품과는 다르게, 무용의 경우 여러 무용수가 같은 동작을 반복해도 완벽히 같을 수 없음은 물론이고, 한 명의 무용수가 같은 움직임을 반복하더라도 동작이 정확히 같을 수 없다. 첫 번째 움직임과 열 번째 움직임, 백 번째 움직임은 다른 무게감을 갖는데, 움직임은 워홀의 브릴로 박스처럼 공간 속에 나열되지 않고 시간의 흐름 위에서 우리의 기억에 의해 중첩되기 때문이다. 뿐만 아니라 에너지를 많이 사용하는 동작이거나 점점 빨라지는 동작의 경우, 무용수의 호흡과 땀, 머리카락과 의상에 미세한 변화가 일어난다. 이런 변화는 물위의 동심원이 아래로 파고들며 회오리를 만들

듯 반복의 장면에 깊이를 만든다.

**

안은미의 대중 강연 영상을 보면 춤은 일상의 반대편에 있기보다 노동의 반대편에 있다. 빨래를 하고, 요리를 하고, 밭을 매고, 키보드를 치고 청소를 하는 등 인간이 일을 할 때는 주로 몸을 앞뒤 방향으로 움직인다. 그러나 춤을 출 때는 몸이 양옆으로 열린다. 그는 이 대목에서 미소를 머금고 "하늘이 열려요"라고 말한다. 그리고 두 팔을 들어 연꽃잎을 펼치듯 부드럽게 양옆으로 벌린다.

**

나는 춤은 폭력의 반대편에 있는 것이 아닐까 생각한다. 폭력은 춤과 마찬가지로 무엇보다 몸을 떠올리게 한다. 정신적 학대나 공포도 결국 몸과 몸짓을 변화시키지 않는가. 곤충을 끔찍하게 무서워하는 친구의 뒤통수에 거미 한 마리가 붙었다고 해보자. 당신이 그 사실을 알린 순간 그 친구는 어깨가 빙산처럼 솟고 성대가 뻣뻣해진 채로 쉰 소리를 내며 미친 듯이 도리질을 하거나, 돌처럼 굳은 채로 눈알만 굴리며 당신이 어서 도움을 주기만을 바랄 것이다.

춤은 몸을 풍요롭게 하고 폭력은 몸을 제약하고 파괴한다. 춤은 사람과 사람을 연결하고 폭력은 사람과 사람 사이에 위계를 정하고 단절을 일으킨다.

**

이야기된 고통은 고통이 아니라고 존경하는 이성복 시인이 말했으므로,

**

〈어느 날의 댄스 필름 스케치〉

#1 텅 빈 로비: 두 명씩 짝을 지은 여러 쌍의 무용수가 서로 마주 보고 서 있다. 한 사람이 다른 한 사람의 뺨을 한 번, 두 번, 세 번, 네 번, 다섯, 여섯, 일곱, 여덟, 쉬지 않고 때린다. 두 사람은 따귀 소리에 박자를 맞춰 로비 왼쪽 끝에서 오른쪽 끝까지, 다시 오른쪽 끝에서 왼쪽 끝까지 이동한다. 방향이 바뀔 때 따귀를 때리는 사람도 바뀐다.

#2 운동장: 바닥에 납작 엎드린 무용수들이 벌떡 일어나 허공에 매달린 주먹을 향해 달려가 머리를 박고 제자리로 돌아가 다시 엎드린다. 처음엔 한 명만 그렇게 한다. 이윽고, 두 명, 세 명…… 열 명, 스무 명이 일어나 주먹을 향해 달려간다. 부딪히고 또 부딪히며……

#3 우체국이 있는 들판: 우체국 앞은 곧장 너른 들판이다. 우체부 복장을 한 사람이 한쪽 다리에 사마귀를 태우고 어적어적 걸어 나온다. 사마귀가 클로즈업된다. 순간 사마귀는 훌쩍 풀숲으로 사라지고, 우체부는 더 이상 사마귀가 없는데도 휘익휘익 반원을 그리며 계속해서 이동한다.

**

시나 춤이 무슨 소용이 있을까. 그러나 어떤 날 어떤 동작은 뺨에 작은 점이 있던 그 아이와, 허겁지겁 가방 지퍼를 올리던 열아홉의 우리들, 그리고 우체국에 들어온 사마귀와 우체부를 위한 춤이 된다. 그만으로도 충분하다.

검무

검을 길어오셨어요?
검은 곳에서
깊은 곳에서
김매는 팔과 헤엄하는 다리를 하고

구멍과 구멍 고랑과 고랑
발목을 담그고 머리채를 담그고
물을 대고 약을 치고 길을 내면서
새벽 공기가 은종이처럼 잘릴 때까지

장검과 쌍절곤 은도끼 금도끼가
어룽어룽 치마폭 사이로 휘날립니다

언덕너머 내려오는 선녀와 아기들
꽃나무 아래에서 맞은 따귀 맛을 기억해요
아—입을 벌리면
호지차 한 모금과 자두맛 사탕

들판이 은빛으로 물든 새벽에

이 검을 길어오셨어요?
이 길을 걸어오셨어요?

둥가둥가 휘리릭
무엇을 자르려고

휘파람을 불고 계셨어요?

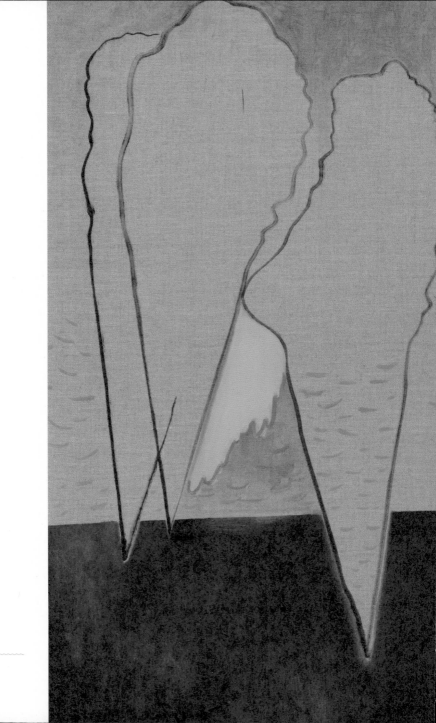

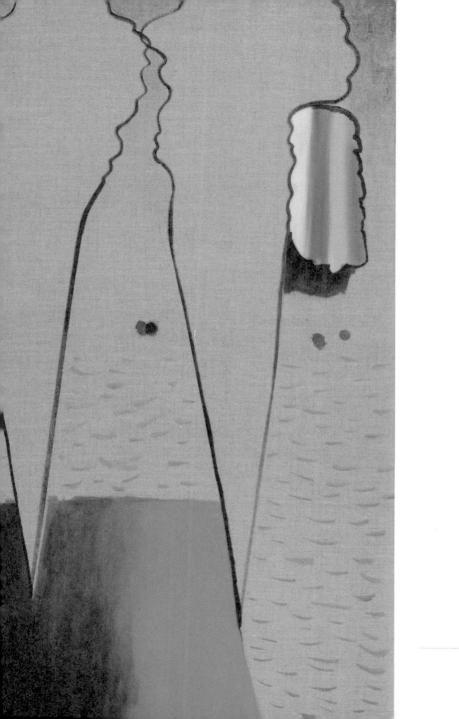

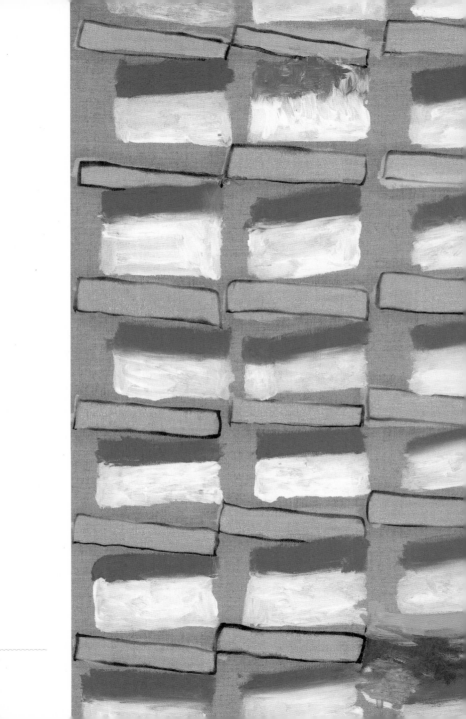

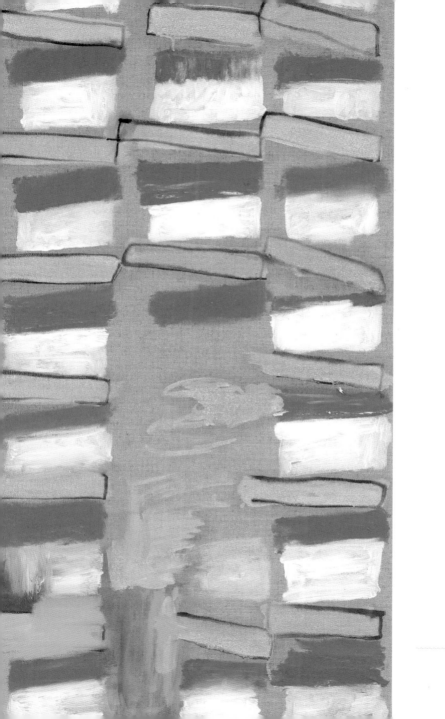

도판 목록

참고·인용 도서

〈**안은미래**〉 / 2019 서울시립미술관 전시 〈안은미래〉의 전시 도록 / 서울시립미술관 /
2019.

《**공간을 스코어링하다**》 서동진·신지현·안은미·양효실·임근준·장영규·현시원 / 현실
문화A / 2019.

《**공부 공부**》 엄기호 / 따비 / 2017.

《**독일 이데올로기 1권**》 카를 마르크스·프리드리히 엥겔스 / 이병창 옮김 / 먼빛으로 /
2019.

《**망명과 자긍심**》 일라이 클레어 / 전혜은·제이 옮김 / 현실문화 / 2020.

《**무용의 현대**》 미우라 마사시 / 남정호·이세진 옮김 / 늘봄 / 2004.

《**소크라테스의 변명·크리톤·파이돈·향연**》 플라톤 / 박문재 옮김 / 현대지성 / 2019.

《**여자짐승아시아하기**》 / 〈책머리에〉 / 김혜순 / 문학과지성사 / 2019.

《**이동주 시전집**》 / 〈강강술래〉 / 이동주 / 현대문학 / 2010.

《**잘 표현된 불행**》 / 〈시는 포기하지 않는다〉 / 황현산 / 난다 / 2019.

《**휘파람 부는 사람**》 메리 올리버 / 민승남 옮김 / 마음산책 / 2015.

• 이 책의 인용문은 저작권자나 출판사의 동의를 거쳐 사용하였으나, 일부는 이후 절차를 밟을
예정입니다.

배수연

제주에서 나고 부산과 서울에서 자랐다. 클레이 애니메이터를 꿈꾸던 소녀 시절을 지나, 서양화와 철학을 전공하고 서양철학 석사 과정을 수료했다. 20대 후반부터 중학교 미술 교사로 근무하며 시와 산문을 쓴다. 시집 《조이와의 키스》 《가장 나다운 거짓말》 《쥐와 굴》을 펴냈고, 폴리 로슨이 지은 《칼 라르손의 나의 집 나의 가족》에 에세이를 실었다.

이 책을 쓰던 어느 날, 새벽에 잠을 깨어 침대에 누운 채로 한 시간 남짓 두 팔을 올려 춤을 추었다. 한 동작도 길게 반복되지 않고 다른 동작으로 흘러 들어갔다. 이 글들이 내게 준 선물이다. 당신에게도 필요한 선물이 도착하리라 믿는다.

백현진

연기, 연출, 미술, 음악 등 다양한 분야에서 독창적인 활동을 펼치고 있는 전방위 예술가다.

1997년 어어부밴드(이후 어어부프로젝트로 개명)로 음악계에 데뷔하여, 2014년에는 프로젝트 밴드 방백을 결성했다. 미술가로서 다수의 개인전과 단체전을 열었으며, 2017년 국립현대미술관 선정 '올해의 작가상' 후보에 올랐다.

2022년 세종문화회관에서 무용가 안은미, 어어부프로젝트 멤버인 장영규와 함께 〈은미와 영규와 현진〉을 공연했고, 부산시립미술관에서는 안은미와 함께 퍼포먼스 공연을 펼쳤다. 2001년 영화 〈꽃섬〉으로 데뷔한 이후 다수의 영화와 드라마에서 활발하게 활동하고 있다.

요정＋요괴, 찐따—안은미, 사랑의 둔갑술

1판 1쇄 찍음 2024년 5월 27일
1판 1쇄 펴냄 2024년 6월 10일

지은이 배수연
그린이 백현진
펴낸이 안지미
기획·CD Nyhavn
편집 오영나

펴낸곳 (주)알마
출판등록 2006년 6월 22일 제2013-000266호.
주소 04056 서울시 마포구 신촌로4길 5-13, 3층
전화 02.324.3800 판매 02.324.7863 편집
전송 02.324.1144

전자우편 alma@almabook.by-works.com
페이스북 /almabooks
트위터 @alma_books
인스타그램 @alma_books

ISBN 979-11-5992-401-9 04810
ISBN 979-11-5992-042-4 (세트)

알마출판사는 다양한 장르간 협업을 통해 실험적이고 아름다운 책을 펴냅니다.
삶과 세계의 통로, 책book으로 구석구석nook을 잇겠습니다.